CONTOS de FADAS de ANDERSEN
VOL. II

CONTOS de FADAS de ANDERSEN

VOL. II

Tradução: Karla Lima

Principis

Esta é uma publicação Principis, selo exclusivo da Ciranda Cultural
© 2020 Ciranda Cultural Editora e Distribuidora Ltda.

Título original
Hans C. Andersen's Fairy Tales

Texto
Hans Christian Andersen

Tradução
Karla Lima

Revisão
Casa de Ideias

Produção editorial e projeto gráfico
Ciranda Cultural

Imagens
Gluiki/Shutterstock.com;
johavel/Shutterstock.com;
Voropaev Vasiliy/Shutterstock.com;
Creative Thoughts/Shutterstock.com;
standa_art/Shutterstock.com;

Dados Internacionais de Catalogação na Publicação (CIP) de acordo com ISBD

A544c   Andersen, Hans Christian

Contos de Fadas de Andersen Vol. II / Hans Christian Andersen ;
traduzido por Karla Lima. - Jandira, SP : Principis, 2020.
176 p. ; 16cm x 23cm. – (Literatura Clássica Mundial)

Tradução de: Hans Christian Andersen's Fairy Tales
Inclui índice.
ISBN: 978-65-555-2020-0

1. Literatura infantil. 2. Contos de fadas. 3. Hans Christian Andersen.
I. Lima, Karla. II. Título. III. Série.

CDD 028.5
CDU 82-93

2020-915

Elaborado por Vagner Rodolfo da Silva - CRB-8/9410

Índice para catálogo sistemático:
1. Literatura infantil 028.5
2. Literatura infantil 82-93

1ª edição em 2020
www.cirandacultural.com.br

SUMÁRIO

1. GRANDE CLAUS E PEQUENO CLAUS 7

2. O ABETO 20

3. O BONECO DE NEVE 30

4. O BULE DE CHÁ 36

5. O COFRINHO 38

6. O GALO DO PÁTIO E O GALO DO CATA-VENTO 41

7. O GUARDADOR DE PORCOS 44

8. O LINHO 50

9. O PATINHO FEIO 55

10. O PEQUENO TUK 66

11. O PORCO DE METAL 71

12. O QUE ACONTECEU AO CARDO 83

13. O QUE UM MARIDO FAZ ESTÁ SEMPRE CERTO 88

14. O SOLDADINHO DE CHUMBO 94

15. O TRIGO SARRACENO 99

16. O ÚLTIMO SONHO DO VELHO CARVALHO 102

17. O VELHO LAMPIÃO DE RUA 109

18. OLEGÁRIO-FECHA-OLHOS 117

19. OS CISNES SELVAGENS 129

20. OS NAMORADOS 146

21. OS SAPATOS VERMELHOS 149

22. OS VERDINHOS 156

23. PROVA DE PULO 159

24. SOPA DE ESPETO DE SALSICHA 162

GRANDE CLAUS E PEQUENO CLAUS

Era uma vez uma aldeia onde viviam dois homens que tinham o mesmo nome. Ambos se chamavam Claus. Porém, como um deles possuía quatro cavalos e o outro só tinha um, as pessoas chamavam o que tinha quatro cavalos de Grande Claus, e o que só possuía um, de Pequeno Claus. Agora, vou contar a vocês o que aconteceu a cada um deles; ouçam com atenção, pois é uma história real.

Todos os dias de semana, Pequeno Claus era obrigado a lavrar para Grande Claus e a emprestar para ele seu único cavalo; depois, uma vez por semana, aos domingos, Grande Claus ajudava Pequeno Claus com seus quatro cavalos, mas sempre no dia santo.

– Urra! – comemorava Pequeno Claus, estalando o chicote nos cinco animais, que faziam em um só dia o mesmo trabalho que seu único cavalo levava todos os demais dias para fazer.

O Sol brilhava, os sinos da igreja badalavam alegremente e as pessoas passavam vestindo suas melhores roupas, com a *Bíblia* debaixo do braço, a caminho da igreja, aonde estavam indo para ouvir o sermão do clérigo. Elas olhavam para o Pequeno Claus lavrando a terra com cinco cavalos, e ele se sentia tão contente e orgulhoso que estalava o chicote e gritava:

– Vamos, meus cavalos!

– Você não deve dizer isso – repreendeu-o Grande Claus –, pois apenas um deles é seu.

Mas Pequeno Claus logo esquecia o que ele não podia dizer e, quando alguém passava, se empolgava de novo e gritava:

– Vamos lá, meus cavalos!

– Vou insistir com você: peço que não diga isso de novo – Grande Claus falou, quando viu a cena. – Se você falar isso mais uma vez, eu vou dar um golpe no seu cavalo, ele vai cair duro e será o fim dele.

– Eu não vou falar de novo, prometo – Pequeno Claus respondeu.

No entanto, assim que uma pessoa se aproximou e acenou dando bom-dia, ele ficou de novo muito contente e envaidecido por ter cinco cavalos arando seu campo, e mais uma vez gritou:

– Eia, meus cavalinhos!

– Acabou para você – Grande Claus anunciou, e nisso pegou um martelo, deu um golpe na cabeça do cavalo e o animal caiu morto no chão.

– Ah, não! Agora eu fiquei sem nenhum cavalo! – Pequeno Claus gritou, e começou a chorar.

Pequeno Claus tirou a pele do cavalo e pendurou-a para secar ao vento. Depois, guardou o couro desidratado em uma trouxa, pendurou-a no ombro e partiu para uma cidade vizinha, para tentar vendê-la. O caminho era muito longo e passava pelo meio de uma floresta grande e sombria. Caiu um temporal fortíssimo. Ele se perdeu, e, antes que conseguisse se localizar de novo, a noite já se aproximava. Era tarde demais para chegar à cidade e tarde demais para voltar para casa antes que ficasse totalmente escuro.

Perto da estrada, havia uma fazenda. As janelas estavam fechadas, mas pelas frestas e pela parte de cima saía um pouco de luz, e ele pensou: "Talvez eles me deixem passar a noite aqui". Então Pequeno Claus foi até a porta e bateu. A esposa do fazendeiro abriu, mas, quando ele explicou o que desejava, ela o mandou embora, dizendo que o marido não estava em casa e que ela não podia deixar um estranho entrar.

– Então eu vou ter que me deitar aqui fora mesmo – ele falou sozinho, enquanto a esposa do fazendeiro batia a porta na cara dele.

Perto da casa havia uma pilha bem alta de feno, e entre o feno e a casa havia um pequeno abrigo com telhado de sapê. Quando Pequeno Claus viu o telhado, disse para si mesmo:

– Posso pernoitar aqui. Uso a palha para fazer uma bela cama e passo a noite. Só espero que a cegonha não desça para bicar minhas pernas.

No telhado da casa havia um ninho e a cegonha estava de pé ao lado, cuidando de seus ovos. Então Pequeno Claus subiu no telhado do abrigo e começou a ajeitar. Quando se virou para se acomodar, ele descobriu que as janelas da casa não chegavam até o alto do batente e que pela fresta dava para enxergar lá dentro. Na sala, havia uma grande mesa posta com vinho, rosbife e peixe. A esposa do fazendeiro e o sacristão estavam sentados à mesa sozinhos; ela estava despejando vinho na taça dele e o garfo dele estava espetado no peixe, que parecia ser seu prato favorito.

"Ah, se eu tivesse só um pouquinho daquilo também", Pequeno Claus pensou; ao esticar um pouco mais o pescoço em direção à janela, entreviu um bolo enorme e muito apetitoso. Jesus! Mas que banquete eles tinham diante de si.

Nesse momento, alguém surgiu descendo a estrada em direção à fazenda. Ora, mas se não era o próprio fazendeiro voltando para casa! Ele era um bom homem, mas tinha um preconceito muito estranho: não suportava sacristãos, e, se por acaso encontrava um, tinha um ataque de raiva. Essa era a razão pela qual o sacristão tinha ido visitar a senhora enquanto o marido estava fora de casa, e o motivo pelo qual a esposa do fazendeiro havia lhe servido o melhor que tinha.

Quando eles ouviram que o fazendeiro se aproximava, ficaram muito assustados, e a senhora pediu ao sacristão que se escondesse dentro de um grande baú que ficava no canto da sala. Ele obedeceu mais do que depressa, pois bem conhecia os sentimentos que o fazendeiro tinha pelos sacristãos. A senhora escondeu o vinho e todas as comidas dentro do forno, pois, se o marido visse tudo aquilo, certamente iria perguntar para quem tinha sido providenciado.

– Puxa vida! – suspirou Pequeno Claus, no abrigo, enquanto observava o desaparecimento daquelas delícias todas.

– Tem alguém aí? – o fazendeiro perguntou, olhando para o local onde Pequeno Claus estava. – O que está fazendo aí em cima? É melhor vir comigo para dentro de casa.

Então Pequeno Claus contou a ele que tinha se perdido e perguntou se poderia se abrigar ali por uma noite.

– Claro – respondeu o fazendeiro –, mas a primeira coisa é comermos algo.

A esposa os recebeu de modo muito amigável, e com toda a simpatia pôs a mesa e serviu mingau. O fazendeiro estava faminto e comeu com grande apetite. Mas Pequeno Claus não conseguia parar de pensar no rosbife, no peixe e no bolo que ele sabia que estavam escondidos no forno.

Ele havia colocado a trouxa perto dos pés, debaixo da mesa; afinal, como sabemos, estava a caminho da cidade para vender o couro do cavalo. Como ele não estava gostando nadinha do mingau, pisou na trouxa de modo que o couro rangesse.

– Psss – ele fez para a sacola, ao mesmo tempo que pisoteava de novo, para provocar um rangido ainda mais alto.

– Uau, mas o que você tem aí? – o fazendeiro perguntou.

– Ah, nada de mais, é só um mágico – Pequeno Claus respondeu. – Ele está dizendo que não precisamos jantar mingau, porque ele fez um encanto e lotou o forno de rosbife, peixe e bolo.

– O quê?

O fazendeiro saiu em disparada em direção ao forno e lá encontrou todas as delícias que a esposa havia escondido, mas que ele acreditou serem agradinhos que o mágico tinha preparado especialmente para os dois.

A esposa não disse uma palavra; simplesmente pegou a comida e pôs diante deles na mesa, e ambos fizeram uma refeição maravilhosa à base de peixe, carne e bolo. Então Pequeno Claus esfregou os pés na trouxa de novo, e o rangido se repetiu.

– O que ele está dizendo agora? – o fazendeiro quis saber.

– Ele disse que fez três garrafas de vinho surgirem no canto ali perto do forno.

Assim, a senhora foi obrigada a trazer o vinho que tinha escondido antes, e o fazendeiro e Pequeno Claus ficaram mais do que contentes. Será que o fazendeiro não gostaria de possuir um mágico como aquele que Pequeno Claus carregava na trouxa?

– Ele consegue fazer aparecer o Diabo? – perguntou o fazendeiro. – Eu não me importaria de vê-lo agora, visto que estou de bom humor.

– Consegue sim, ele faz tudo que eu peço – e, dizendo isso, Pequeno Claus esfregou a trouxa mais uma vez, e quando o couro fez barulho ele continuou: – Você ouviu a resposta, ele falou que o Diabo é tão feio que é melhor nem ver.

– Ah, mas eu não tenho medo. Como ele é?

– Bem, ele vai se mostrar para você com a aparência de um sacristão.

– Não, de jeito nenhum. Você precisa saber que eu não suporto sacristãos. Por outro lado, eu vou saber que é o Diabo e não um sacristão de verdade, então não tem problema. Minha coragem está com força total, manda vir. Só que ele não deve chegar muito perto.

– Vou perguntar sobre isso – respondeu Pequeno Claus, baixando a cabeça para aproximar a orelha da trouxa.

– Então, o que ele falou?

– Falou que você pode ir até o canto e abrir o baú, e que lá dentro você vai encontrar o Diabo encolhido no escuro. Mas segure a tampa com força, para que ele não escape.

– Você me ajuda a segurar a tampa? – o fazendeiro perguntou, e sem esperar resposta foi na direção do baú onde a esposa tinha escondido o sacristão, que estava tremendo de medo.

Ele abriu a tampa um pouquinho, espiou lá dentro e deu um berro:

– Argh! Eu vi, vi o Diabo, ele é exatamente igual ao nosso sacristão. Que visão chocante!

Depois disso, ambos precisaram de uns goles, e ficaram sentados conversando até bem tarde da noite.

– Você precisa me vender este seu mágico – o fazendeiro disse. – Peça quanto quiser por ele. Melhor ainda: eu vou lhe dar um barril cheio de dinheiro.

– Não, eu não posso fazer isso – Pequeno Claus replicou. – Imagine só quanto posso me beneficiar por ter um mágico assim.

– Ah, mas eu queria muito tê-lo para mim – e o fazendeiro continuou pedindo e negociando.

– Bem – Pequeno Claus disse, por fim –, já que você foi tão gentil e me deu abrigo por uma noite, não vou negar. Aceito um barril cheio de dinheiro, mas tem que ser cheio até a borda.

– Assim será – concordou o fazendeiro –, mas leve o baú embora com você. Não quero aquela coisa dentro da minha casa nem por mais uma hora. Vai que o Diabo escapa...

Assim, Pequeno Claus entregou ao fazendeiro a trouxa contendo o couro do cavalo e recebeu um barril de dinheiro cheio até a borda, e mais um carrinho de mão para transportar tanto o barril quanto o baú.

– Adeus – Pequeno Claus se despediu, e foi-se embora levando o dinheiro e o baú com o sacristão dentro.

Do lado oposto da floresta, havia um rio largo e profundo, com uma correnteza tão forte que era praticamente impossível nadar contra ela. Uma grande ponte tinha sido construída sobre a água pouco tempo antes. Quando chegou ao meio dela, Pequeno Claus falou, com uma voz bem alta, para que o sacristão escutasse:

– Ah, o que devo fazer com esta porcaria de baú velho? Está tão pesado que parece cheio de paralelepípedos. Estou cansado de carregar isto, vou jogar na água. Se boiar e voltar para a minha casa, muito que bem; do contrário, eu não me importo. Não é grande coisa mesmo.

Então ele pegou o baú e suspendeu um pouquinho, como se fosse levantar o objeto todo para atirar no rio.

– Não! Não! – o sacristão berrou, em pânico. – Me deixa sair!

– Ah! – Pequeno Claus exclamou, fingindo estar com medo. – Ora, o Diabo ainda está aí dentro! Agora é que eu preciso jogar na água mesmo, para afogar o danado.

– Não! Ah, não, não! – o sacristão berrou. – Eu lhe dou um barril cheio de dinheiro se você me deixar sair.

– Bom, assim o caso muda de figura.

Dizendo isso, Pequeno Claus levantou a tampa. Ele empurrou o baú para o rio e acompanhou o sacristão até em casa, para pegar seu barril de dinheiro. Ele já tinha recebido um do fazendeiro, como vocês bem se lembram, de modo que o carrinho de mão ficou bastante pesado.

– No final, preciso admitir que até que consegui um bom preço pelo cavalo – ele murmurou de si para si, quando chegou em casa e despejou todo o conteúdo dos dois baús no meio do chão da sala. – Que raiva Grande Claus vai sentir quando souber como enriqueci com meu único cavalo; só não vou contar a ele como as coisas aconteceram – e então chamou um menino de recados e o mandou ir à casa de Grande Claus pedir um barril emprestado.

"Para o que será que ele quer um barril?", Grande Claus se questionou, e esfregou um pouco de sebo no fundo; assim, uma pequena parte da mercadoria que Pequeno Claus pusesse lá dentro ficaria grudada, e acabaria nas mãos de Grande Claus quando o barril fosse devolvido. E foi o que aconteceu: quando o barril voltou, três moedas de prata estavam coladas ao sebo.

– Mas o que é isto? – Grande Claus se espantou, e foi correndo até Pequeno Claus. – Como foi que você conseguiu todo este dinheiro?

– Ah, foi com o couro do meu cavalo. Eu vendi ontem de manhã.

– Conseguiu um bom preço, sem dúvida.

Grande Claus então correu para casa, pegou um bastão e golpeou seus quatro cavalos na cabeça; depois retirou o couro dos animais mortos e levou até a cidade para vender.

– Couro! Vendo couro! Quem quer couro de cavalo? – ele saiu anunciando pelas ruas.

Os sapateiros e os curtidores de couro chegaram correndo e perguntaram quanto ele estava pedindo.

– Um barril de dinheiro para cada pele – Grande Claus informou.

– Você é doido? Acha que temos dinheiro nessa quantidade? – foi a reação deles.

– Couro! Vendo couro de cavalo! – ele retomou os gritos, e nisso os fabricantes de sapato pegaram suas correias, e os donos dos curtumes tiraram seus aventais, e juntos começaram a bater em Grande Claus.

– Vendendo couro? – eles imitaram Grande Claus. – Nós vamos é arrancar o seu! Fora da cidade já! – mandaram, aos gritos.

E Grande Claus se apressou em fugir dali, pois nunca tinha apanhado do jeito que estava apanhando dos sapateiros e curtidores.

– Pequeno Claus me paga – ele disse, chegando em casa. – Vou matar aquele tratante!

Enquanto isso, a avó de Pequeno Claus tinha acabado de falecer. Em vida, ela tinha sido severa e rude com o neto muitas vezes, mas agora que tinha morrido ele estava triste de verdade. Tomou o corpo da avó, acomodou na cama e ficou esperando para ver se ela não voltaria à vida. Decidiu ficar sentado no canto do quarto a noite toda; já tinha dormido desse jeito outras vezes.

Enquanto ele dormia na poltrona no canto, a porta se abriu e Grande Claus entrou carregando um machado. Ele sabia onde ficava a cama de Pequeno Claus, foi até lá e golpeou a avó morta na cabeça, achando que era Pequeno Claus.

– Quero ver você me fazer de bobo de novo – ele disse, e voltou para casa.

– Credo, que sujeito malvado! – Pequeno Claus falou sozinho. – Ele pretendia me matar! Que sorte que minha pobre avozinha já estava morta mesmo. Ele teria tirado a vida dela!

Ele então teve uma ideia: trajou a avó com o vestido de domingo mais bonito que ela possuía. Depois, tomou emprestado o cavalo do vizinho, atrelou o animal a uma carroça e botou a avó no banco de trás, para que o corpo não caísse quando a carroça andasse. Então partiu para a floresta. Quando o Sol nasceu, ele estava em frente a uma grande hospedaria, amarrou o cavalo e entrou para comer.

O proprietário era um homem muito rico e bondoso, mas tinha sangue quente e pavio curto, como se fosse feito de pimenta e pólvora.

– Bom dia – ele cumprimentou Pequeno Claus. – Você está muito bem-vestido neste início de manhã.

– É, eu estou indo para a cidade com a minha avó. Ela está lá fora sentada na carroça, não quis entrar de jeito nenhum. Você não levaria um copo de cerveja para ela? Mas fale bem alto; ela é meio surda e só escuta quando gritamos.

– Está bem, farei isso – disse o dono da hospedaria.

Em seguida, ele serviu um copo e o levou até a avó morta, que estava sentada bem ereta na carroça.

– Aqui está um copo de cerveja que seu neto mandou – ele falou, mas ela permaneceu imóvel e não disse uma palavra. – Oi, a senhora está me escutando? – ele gritou o máximo que pôde. – Aqui está a cerveja que seu neto mandou!

Mas a senhora falecida continuou em silêncio, até que o hospedeiro perdeu as estribeiras e atirou a cerveja na cara dela. Nesse momento o corpo tombou para trás e caiu no chão, pois não estava amarrado.

– Ei! – Pequeno Claus gritou, saindo da hospedaria e correndo em direção ao corpo; ele agarrou o hospedeiro pelo pescoço e estava quase esganando o coitado. – Você matou minha avó! Olha o buraco enorme que você fez na testa dela!

– Minha nossa, mas que azar! É tudo culpa desse meu temperamento nervoso. Pequeno Claus, você é um bom homem, eu lhe dou um barril de dinheiro e vou enterrar sua pobre avó como se fosse a minha, mas, por favor, não conte nada a ninguém. Se ficarem sabendo, serei enforcado, e isso seria terrível!

Assim, Pequeno Claus mais uma vez ganhou um barril de dinheiro, e o hospedeiro enterrou a velha avó com todos os luxos e rituais, como se fosse a dele.

Quando Pequeno Claus chegou em casa com sua nova fortuna, imediatamente mandou um garoto de recados ir até Grande Claus pedir um barril emprestado.

– O quê? Mas ele não está morto? Tenho que ver isso com meus próprios olhos.

E assim Grande Claus foi pessoalmente levar o barril para emprestar ao Pequeno Claus.

– Diga-me, onde você arranjou essa dinheirama? – ele perguntou, com os olhos arregalados pela surpresa.

– Foi minha avó que você matou no meu lugar – Pequeno Claus respondeu. – Eu vendi o corpo por um barril de dinheiro.

– Conseguiu um bom preço, sem dúvida – Grande Claus comentou, e voltou correndo para casa, pegou um bastão e matou a própria avó.

Em seguida, acomodou o corpo em uma carroça e rumou para a cidade, onde vivia o médico, e perguntou se o doutor teria interesse em comprar um cadáver.

– Quem era, e onde você conseguiu o corpo? – o médico quis saber.

– Era minha avó, e eu a matei para vendê-la por um barril de dinheiro.

– Minha Nossa Senhora! Você é louco! Pelo amor de Deus, não diga isso, ou vão enforcar você.

O médico então teve uma conversa séria com Grande Claus, explicando a malvadeza horrorosa que ele tinha feito e afirmando que aquilo merecia os piores castigos. Grande Claus ficou morrendo de medo e saiu correndo, saltou na carroça, chicoteou o cavalo e galopou a toda velocidade pela floresta até chegar em casa. O médico e todas as demais pessoas que o viram julgaram que ele estava louco, e por isso o deixaram partir em paz.

– Você vai me pagar por isso – ele falou, quando já estava na estrada. – Você me paga, Pequeno Claus!

Assim que chegou em casa, Grande Claus pegou o maior saco que conseguiu encontrar e partiu para a casa de Pequeno Claus.

– Você me enganou de novo – ele disse. – Primeiro eu matei meus cavalos, depois minha velha avó. Tudo isso é culpa sua, mas agora você nunca mais vai ter a chance de me enganar.

Então ele agarrou Pequeno Claus e o enfiou no saco, jogou o saco por cima do ombro e saiu andando, dizendo:

– Agora eu vou até o rio jogar este saco na água, e assim você vai morrer afogado.

O caminho até o rio era bem longo, e Pequeno Claus não era leve. A estrada passava perto da igreja, e as pessoas lá dentro estavam cantando lindamente. Grande Claus pôs no chão, na entrada da igreja, o saco onde Pequeno Claus estava, pensando que seria uma boa ideia ouvir uns salmos antes de prosseguir, já que o saco estava amarrado e ele não poderia fugir. E entrou.

– Pobre de mim, estou lascado! – gemia Pequeno Claus dentro do saco.

Ele se revirou e remexeu, mas não conseguiu soltar a corda. Foi quando um vaqueiro se aproximou. Seu cabelo era branco como a neve, ele carregava um cajado e tinha à frente um rebanho de vacas e bois; os animais tropeçaram no saco onde Pequeno Claus estava.

– Coitado de mim! – ele tornou a gemer. – Sou tão jovem para ir direto para o reino do céu.

– Mais coitado sou eu – respondeu o vaqueiro –, que já sou tão velho e ainda não cheguei lá.

– Abre o saco e entra aqui no meu lugar, é seguro e garantido que você vai direto para o céu.

– Com todo o prazer, mas de agora em diante você tem que cuidar do gado – respondeu o velho.

Ele desfez o nó, Pequeno Claus se arrastou para fora e o velho se arrastou para dentro. Pequeno Claus refez o nó e seguiu viagem com o rebanho.

Dali a pouco, Grande Claus saiu da igreja. Jogou o saco no ombro e, ao fazer isso, pensou que estava mais leve do que antes; claro, pois o vaqueiro não tinha nem metade do peso de Pequeno Claus.

– Como ficou fácil! Deve ser porque parei para ouvir os salmos – Grande Claus concluiu.

Ele andou até o rio, que era profundo e largo, e atirou na água o saco contendo o velho vaqueiro, e gritou, achando que estava falando com Pequeno Claus:

– Quero só ver você me enganar de novo agora!

Ele tomou o rumo de casa, mas, quando chegou a um cruzamento, encontrou Pequeno Claus conduzindo o rebanho.

– Mas o que é isto? – ele berrou. – Eu não afoguei você?

– Ah, sim, você me atirou no rio cerca de meia hora atrás – Pequeno Claus respondeu.

– Mas então onde você arranjou esse belo rebanho?

– Isto aqui é gado de água, e eu agradeço de todo o coração por você ter me afogado, pois agora estou por cima da carne-seca. Fiquei rico, posso garantir. Tive medo quando você me jogou no rio em um saco amarrado. Afundei imediatamente, mas não me machuquei, porque a grama lá embaixo é muito macia e suavizou o impacto. Quando caí nela, o saco se abriu. Uma linda sereia, em esplêndidos trajes brancos e com tiaras de folhas nos cabelos, me pegou pela mão e me disse: "Ah, você chegou, Pequeno Claus? Aqui estão umas vacas e uns bois para você, e indo por esta estrada, daqui a um quilômetro, tem outro rebanho". Eu entendi que ela estava falando do rio, que para o povo aquático é como uma estrada. As sereias vêm do mar até o rio por essas estradas e chegam até a terra onde o rio termina. Lindas flores e grama muito verde crescem lá. Os peixes me cercavam nadando como se fossem pássaros voando. E o povo, como é simpático! E você precisa ver o gado de água pastando calmamente nas colinas e vales.

– Mas por que você voltou tão rápido, então? – Grande Claus perguntou. – Se eu estivesse em um lugar tão agradável, ficaria por lá mesmo.

– Ah, é porque eu sou muito esperto. Lembra que eu falei que a sereia disse que havia mais um rebanho para mim a um quilômetro dali? Então, você sabe como o rio faz curvas e mais curvas, e pode imaginar como seria longo o caminho por baixo d'água. Mas se a pessoa vem para a terra, usa os atalhos e atravessa os campos, e só depois entra na água de novo; isso economiza metade do caminho, e dá para chegar ao outro rebanho muito mais rápido.

– Ah, você é muito sortudo mesmo – Grande Claus respondeu. – Você acha que eu também consigo um pouco de gado de água, se descer até o fundo do rio?

– Claro! – Pequeno Claus respondeu. – Mas só que eu não consigo carregar você. Se for até a margem do rio e entrar sozinho em um saco, posso ajudar você colocando o saco na água. Será um prazer.

– Obrigado! – Grande Claus respondeu e depois alertou: – Mas preste atenção: se eu não encontrar gado de água lá embaixo, vou lhe dar uma surra, pode apostar.

– Ora, não seja tão duro comigo.

E assim eles caminharam juntos em direção ao rio. Quando as vacas e os bois viram a água, foram para lá o mais rápido que puderam.

– Veja como estão correndo! – Pequeno Claus comentou. – Querem ir para o fundo de novo.

– Estou vendo, mas primeiro me ajuda aqui, ou vou lhe dar uma sova – disse Grande Claus, entrando em um grande saco que estava no lombo de um dos animais. – E ponha uma pedra bem pesada aqui no saco comigo, pois tenho medo de não conseguir afundar.

– Ora, não precisa se preocupar com isso! – Pequeno Claus falou, mas mesmo assim colocou uma grande pedra no saco e empurrou.

Plump! E lá se foi Grande Claus para o rio, afundando imediatamente.

– Acho que ele não vai encontrar rebanho nenhum – Pequeno Claus murmurou, e foi para casa com seu gado.

O ABETO

Lá bem longe, no meio da floresta, onde havia sol morno, brisa fresca e uma bela paisagem, crescia um lindo pequeno abeto. O ambiente era tudo que se poderia desejar, mas, mesmo assim, a árvore não estava contente, pois desejava muito ser como seus companheiros altos, os pinheiros e os grandes abetos que a cercavam.

O Sol brilhava e o vento soprava suas folhas, e as crianças do campo passavam por ali cantando alegremente, mas o pequeno abeto sequer notava.

De vez em quando, as crianças traziam framboesas ou morangos em um cesto de palha trançada, sentavam perto dele e comentavam:

– Não é uma arvorezinha linda? – e isso deixava o abeto ainda mais triste do que antes.

Enquanto isso, ele crescia um anel por ano e ficava cada vez mais alto, pois o número de anéis do tronco de um abeto indica a idade da árvore.

Ele crescia, mas continuava reclamando:

– Ah, como eu queria ser alto como as outras árvores! Eu poderia esticar os galhos em todas as direções e minhas folhas do topo enxergariam tudo ao redor. Pássaros fariam ninhos em mim e, quando ventasse forte, eu me curvaria com uma dignidade majestosa, como meus companheiros mais altos.

O abeto vivia tão infeliz que não via graça nenhuma no calor dos raios de sol, nos passarinhos nem nas nuvens rosadas que flutuavam por cima dele pela manhã e ao entardecer.

Algumas vezes no inverno, quando a neve branca brilhava no solo, uma lebrezinha passava correndo e saltava por cima da cabeça do abeto, e isso o deixava tristíssimo.

Passaram-se dois invernos e, quando o terceiro chegou, a árvore havia crescido tanto que a lebre foi obrigada a dar a volta. Ainda assim o abeto continuava insatisfeito e reclamava:

– Ah, quero crescer, crescer! Ficar bem alto e envelhecer! Nada mais me importa no mundo.

Quando chegou o outono, vieram os lenhadores, como sempre, e derrubaram muitas das árvores mais altas; o jovem abeto, que tinha atingido sua altura máxima, estremeceu quando elas tombaram no chão com um grande estrondo.

Depois que os galhos foram serrados, os troncos ficaram tão pelados e fininhos que mal podiam ser reconhecidos. Os galhos cortados foram empilhados em uma carroça puxada por cavalos e levados embora da floresta. Para onde será que estavam indo? O que aconteceria com eles? O jovem abeto queria muito saber.

Então, quando as andorinhas e cegonhas chegaram, na primavera, ele perguntou:

– Vocês sabem para onde aquelas árvores foram levadas? Vocês as viram em algum lugar?

As andorinhas não sabiam de nada, mas uma cegonha, após refletir um pouco, respondeu:

– Sim, acho que sim. Quando eu estava voando para cá, voltando do Egito, vi diversos navios novinhos, e eles tinham belos mastros que cheiravam a abeto. Acho que eram as árvores, e posso garantir que estavam magníficas e que navegavam na maior das glórias!

– Ah, como eu queria ser alto o suficiente pra ir para o mar – disse o abeto. – Mas me conta como é este mar? Ele parece o quê?

– Explicar isso demoraria demais, muito tempo mesmo – a cegonha respondeu, levantando voo e se afastando depressa.

– Aproveita tua juventude – o raio de sol falou. – Desfruta teu crescimento e a juventude que há em ti.

E a brisa beijou o abeto e o orvalho chorou em suas folhas, mas ele não reparou.

❋ ❋ ❋

O Natal estava chegando e muitas árvores jovens foram derrubadas; algumas eram até mais baixas e mais novas do que o abeto, que de tanta ansiedade para ir embora de seu lar na floresta não tinha mais paz nem descanso. Essas árvores jovens eram escolhidas por sua beleza; ao contrário das outras, ficavam com seus galhos; igual às outras, eram empilhadas e levadas da floresta em carroças puxadas por cavalos.

– O que está acontecendo? – o abeto perguntou. – Elas não são mais altas do que eu; na verdade, tem uma que é até mais baixa. Por que os galhos delas não são cortados? Para onde estão indo?

– Nós sabemos, nós sabemos – responderam os pardais. – Nós espiamos pelas janelas das casas na cidade e sabemos o que acontece com essas árvores. Ah, você nem imagina quanta honra e glória elas recebem. São vestidas da maneira mais esplêndida. Vimos que são colocadas no meio de salas aquecidas e decoradas com todo tipo de coisa bonita: bolos de mel, maçãs douradas, brinquedos e muitas centenas de velas de cera.

– E depois disso, o que acontece? – perguntou o abeto, com todos os galhos trêmulos.

– Só vimos isso – os pardais disseram –, mas foi suficiente para nós.

"Eu queria saber se alguma coisa assim tão maravilhosa vai acontecer comigo um dia", o abeto pensava. "Seria ainda melhor do que cruzar os mares. Ah, quero tanto que quase dói. Quando é que o Natal vai chegar? Eu estou tão alto agora quanto as árvores que foram levadas no ano passado. Como eu queria estar deitado naquela carroça agora, ou de pé em uma sala quentinha, cercado de todo aquele brilho e esplendor. Com certeza alguma coisa melhor e mais bonita acontece depois, porque se não fosse assim as árvores não seriam tão enfeitadas. Sim, o que vem em seguida deve ser maior e mais maravilhoso. O que será? Estou exausto de tanto desejar, nem sei mais o que estou sentindo."

– Alegra-te com o nosso amor – disseram o vento e o Sol. – Aproveita tua vida ao ar livre.

Mas o abeto não se alegrava, apesar de ficar mais alto a cada dia. No inverno e no verão, sua folhagem verde-escura podia ser vista na floresta, e, quando transeuntes passavam, eles diziam:

– Que árvore linda!

Um pouco antes do Natal seguinte, o abeto descontente foi o primeiro a tombar. Quando o machado atingiu seu tronco tão fundo que o partiu, a árvore caiu no chão com um gemido, consciente da dor e da fraqueza, esquecendo todos os sonhos de felicidade e lamentando ser arrancada de seu lar na floresta. Ela sabia que nunca mais veria seus velhos companheiros: as outras árvores, os arbustos baixinhos, as flores multicoloridas que cresciam ao seu lado, talvez nem mesmo os pássaros. E a viagem também não era nem um pouco agradável.

O abeto recuperou a consciência quando estava sendo tirado da embalagem no pátio de uma casa, com várias outras árvores, e ouviu um homem dizer:

– Só queremos uma, e esta aqui é a mais bonita. É linda!

Então chegaram dois funcionários de uniforme e carregaram o abeto para dentro de um belo casarão. Quadros pendiam das paredes, e vasos de porcelana, pintados com leões, estavam apoiados perto do forno alto, de tijolos. Havia cadeiras de balanço, sofás forrados de seda e mesas enormes cheias de pinturas; havia livros e brinquedos que tinham custado cem vezes cem dólares, ou ao menos isso era o que as crianças diziam.

Então o abeto foi posto em um grande barril cheio de areia, e colocado sobre um tapete muito bonito. O barril era todo revestido de lã verde, para que ninguém visse que era um barril. Ah, como o abeto tremia de emoção! O que aconteceria com ele, agora? Entraram na sala umas jovens senhoritas que, com a ajuda de algumas criadas, decoraram a árvore.

Em um galho, elas penduraram pequenos sacos de papel colorido recortado, e em cada saquinho puseram guloseimas. De outros galhos pendiam maçãs douradas e nozes, como se tivessem brotado ali. E na parte de cima e por todo lado havia centenas de velas vermelhas, azuis e brancas, que foram amarradas aos galhos. O abeto nunca tinha visto nada daquilo antes. Abaixo das folhas verdes foram colocados bonecos idênticos a homens e mulheres de verdade, e bem lá no alto amarraram uma estrela de lantejoulas douradas. Ah, era tudo tão lindo.

– Hoje – as moças exclamaram –, a noite vai ser tão brilhante!

O abeto, por sua vez, pensava:

"Ah, que fique de noite logo, para que as velas sejam acesas! Então saberei o que mais vai acontecer. Será que as árvores da floresta vão vir me visitar? E durante o voo os pardais vão espiar pelas janelas? Será que eu vou crescer mais rápido aqui do que na floresta, e será que ficarei com esses enfeites no verão e no inverno? Ah, eu bem que queria saber!"

Mas tentar adivinhar estava se revelando bem pouco útil. As costas do abeto começaram a doer com essas tentativas, e esta dor é tão ruim para um abeto como a dor de cabeça é ruim para nós.

Por fim as velas foram acesas, e que esplêndida ficou a árvore iluminada! Todos os galhos do abeto tremiam tanto de alegria que uma das velas caiu e queimou algumas folhas.

– Socorro! Acudam! – gritaram as moças, mas não houve nenhum dano, pois elas rapidamente apagaram a chama.

Depois disso, o abeto tentou não tremer mais, pois o fogo tinha lhe dado muito medo, e ele estava aflito para não estragar nenhum dos belos enfeites, cujo brilho o hipnotizava.

Eis que as portas se abrem e um bando de crianças entra correndo como se tivesse a intenção de derrubar a árvore. Elas foram seguidas, a passos lentos, pelos mais velhos. Por um instante, os pequenos ficaram imóveis, mudos de maravilhamento, e depois começaram a gritar de alegria até que a sala toda reverberava; eles dançaram em volta da árvore enquanto pegavam um presente após o outro.

"O que elas estão fazendo? O que vai acontecer em seguida?", pensava o abeto.

No final, as velas queimaram até chegar aos galhos e foram apagadas. As crianças receberam permissão para pegar as coisas da árvore.

Ah, e como elas correram para cima do abeto! A agitação foi tanta que os galhos se partiram. Se a árvore não estivesse presa ao teto pela estrela, teria caído no chão.

A criançada ficou correndo e se divertindo com os brinquedos, e ninguém reparou no abeto, a não ser a babá, que veio espiar por entre os galhos em busca de alguma maçã ou figo que tivesse sobrado.

❊ ❊ ❊

– Uma história, uma história – gritaram as crianças, puxando um homem baixo e gordinho na direção da árvore.

– Muito bem, vamos ficar na sombra esverdeada – respondeu o senhor, enquanto se sentava debaixo dela – e a árvore terá o prazer de ouvir também. Mas eu vou contar apenas uma história. Qual vai ser? De Ivede-Avede ou do Humpty Dumpty, que caiu da escada e depois se casou com uma princesa?

– Ivede-Avede – gritaram alguns.

– Humpty Dumpty – gritaram outros.

Armou-se uma grande confusão, mas o abeto continuou imóvel e calado, pensando: "Será que devo me envolver nisso? Será que devo fazer algum barulho também?". Mas ele já tinha cumprido sua função de divertir as crianças, e elas não lhe davam mais a menor atenção.

O senhor contou a história do Humpty Dumpty, de como ele rolou escada abaixo, mas se levantou, cresceu e casou com uma princesa. As crianças bateram palmas e pediram: "Mais uma, mais uma!", pois queriam ouvir a história de Ivede-Avede, mas daquela vez tiveram de se contentar só com a do Humpty Dumpty mesmo. Depois disso, o abeto caiu em profunda reflexão. Nunca os pássaros da floresta haviam contado uma história como a do Humpty Dumpty, que se casou com uma princesa apesar de ter caído da escada.

"Ora, então é assim que as coisas são no mundo", o abeto pensou. Ele tinha acreditado na história toda, já que ela havia sido contada por um homem muito agradável. "Bem, quem sabe? Talvez eu também caia e me case com uma princesa."

O abeto ficou ansioso esperando pela noite seguinte, acreditando que mais uma vez seria decorado com luzes e brinquedos, enfeites dourados e frutas. E pensou: "Amanhã, não vou tremer; vou aproveitar todo o meu esplendor e ouvir novamente a história do Humpty Dumpty. E, quem sabe, também a de Ivede-Avede". Ele passou a noite toda em silêncio, pensando.

Pela manhã, os empregados e a criada entraram. "Agora", o abeto pensou, "toda a minha glória vai recomeçar". Só que as pessoas o arrastaram, primeiro para fora da sala, depois pela escada acima, até chegarem ao sótão, onde o atiraram para um canto escuro onde nenhuma réstia de sol chegava e lá o abandonaram.

"Mas o que significa isso?", a árvore se perguntou. "O que é que eu vou fazer aqui? Deste lugar não dá para escutar nada." O abeto se apoiou na parede e lá ficou refletindo e refletindo.

E ele teve tempo de sobra para refletir, pois dias e noites se passaram sem que ninguém se aproximasse; e quando, finalmente, uma pessoa chegou, foi só para empurrar umas grandes caixas para outro canto, de modo que a árvore ficou completamente escondida das vistas, como se jamais tivesse existido.

"Agora é inverno", pensou o abeto. "O solo está duro e coberto de neve, e as pessoas não têm como me replantar. Vou ficar abrigado aqui até que chegue a primavera. Ah, afinal, todo mundo é muito atencioso comigo. Mesmo assim, gostaria que este lugar não fosse tão escuro nem tão horrivelmente solitário, sem nem uma lebrezinha sequer para eu observar. Como era gostoso lá na floresta, quando a neve lentamente cobria o chão e quando a lebre passava por mim correndo... E até quando me saltava também, apesar de na época eu não gostar. Ah, que solidão terrível."

– Guinch, guinch – guinchou um ratinho, espiando cautelosamente o abeto; em seguida apareceu mais um, e ambos farejaram a árvore e caminharam entre seus galhos.

– Ah, está muito frio – disse o ratinho. – Se não estivesse, nós ficaríamos muito bem aqui, não é, velho abeto?

– Eu não sou velho – respondeu o abeto. – Tem muitos bem mais velhos do que eu.

– De onde você vem? – os ratos perguntaram, cheios de curiosidade. – E o que você conhece? Já esteve nos lugares mais lindos do mundo e pode nos contar tudo sobre eles? Você já esteve em uma loja, onde tem queijo nas prateleiras e os presuntos ficam pendurados no teto? Em uma loja, é possível andar no meio das velas de sebo, dá para entrar magrinho e sair gordinho.

– Não sei nada sobre isso – o abeto respondeu. – Mas eu conheço a floresta, onde o Sol brilha e os pássaros cantam.

Então a árvore contou aos ratinhos sobre sua juventude. Eles nunca tinham ouvido nada parecido na vida, e, depois de escutarem com a máxima atenção, disseram:

– Ah, quantas coisas você viu! Você deve ter sido muito feliz.

– Feliz! – exclamou o abeto; mas em seguida, refletindo sobre o que tinha acabado de contar, falou: – Ah, sim. Afinal, aqueles foram mesmo dias felizes.

Mas quando ele continuou e contou tudo sobre a noite de Natal, e como tinha sido enfeitado com bolos e luzes, os ratinhos disseram:

– Como você deve ter sido feliz, velho abeto.

– Mas eu não sou nem um pouco velho – ele respondeu. – Vim da floresta neste inverno, e só agora cheguei ao meu crescimento máximo.

– Você conta histórias maravilhosas – os ratos responderam.

Na noite seguinte, quatro outros ratinhos apareceram para ouvir o que o abeto tinha para contar. Quanto mais ele falava, mais recordava, e no fim pensou consigo mesmo: "Sim, aqueles foram dias felizes; mas eles podem voltar. O Humpty Dumpty caiu da escada e mesmo assim se casou com uma princesa. Talvez eu possa casar com uma também". Foi quando o abeto pensou em uma linda bétula que crescia na floresta; uma princesa de verdade, e muito linda, era o que a bétula era para ele.

– Quem é Humpty Dumpty? – um ratinho perguntou.

Então o abeto contou a história toda; ele se lembrava de cada palavra. Os ratinhos ficaram tão encantados que começaram a pular e saltar na árvore. Na noite seguinte, apareceram vários outros ratos, e no domingo duas ratazanas vieram junto; mas as ratazanas disseram que a história não era nem um pouco bonita e os ratinhos ficaram tristes, porque aquele comentário fez com que eles gostassem menos da história também.

– Você só sabe essa história? – quiseram saber as ratazanas.

– Só essa. Escutei na noite mais feliz da minha vida, mas na hora não percebi que estava sendo tão feliz.

– Nós achamos que é uma história bem sem graça – as ratazanas responderam. – Você não sabe nenhuma sobre toucinho nem sobre velas de sebo em uma loja?

– Não – o abeto respondeu.

– Então, até logo e passar bem – as ratazanas falaram, e em seguida foram embora.

Depois disso, os ratinhos também se mantiveram longe, e a árvore suspirou e disse:

– Como foi agradável ter aqueles ratinhos alegres ao meu redor, ouvindo enquanto eu falava. Agora, tudo isso também pertence ao passado. Entretanto, vou me considerar bem feliz de novo quando uma pessoa vier me tirar deste lugar.

Mas será que isso iria acontecer, algum dia? Sim. Certa manhã, apareceram umas pessoas para arrumar o sótão. Elas retiraram as caixas e a árvore foi tirada de seu canto, atirada rudemente no chão e depois arrastada para fora até a escada, onde brilhavam os raios de sol.

– Agora a vida está começando de novo – o abeto falou, alegrando-se com o Sol e o ar fresco.

Os empregados o levaram tão depressa para baixo, até o pátio, que ele se esqueceu de pensar em si mesmo e só conseguiu olhar em volta. Havia tanto para ver!

O pátio ficava perto de um jardim e tudo parecia estar brotando. Rosas frescas e perfumadas pendiam de estacas. Tílias estavam florindo, e andorinhas voavam por todo lado, gritando "Pio, pio, pio, meu namorado está chegando", mas não era do abeto que elas estavam falando.

– Agora vou retomar minha vida – a árvore falou, toda feliz, esticando os galhos.

Mas, ah, pobre dela! Seus galhos estavam murchos e amarelados, e ela foi deixada em um canto afastado, no meio de ervas daninhas e urtigas. A estrela de papel dourado permanecia no topo, e brilhou ao Sol.

No mesmo pátio, estavam duas das crianças que, na noite de Natal, tinham dançado alegremente em volta do abeto. O menino mais novo viu a estrela dourada, correu até ela e a arrancou.

– Olha o que ainda estava preso naquele abeto feio e velho – ele disse, pisoteando os galhos até que se partiram debaixo de suas botas.

O abeto observou as flores frescas e vivas no jardim, depois olhou para si mesmo e desejou ter continuado na escuridão do sótão. Ele pensou em sua mocidade na floresta, depois na noite de Natal, em seguida nos ratinhos que tinham ido ouvir a história do Humpty Dumpty.

– Passado, passado! – lamentou a pobre árvore. – Ah, como eu queria ter me divertido enquanto podia! Agora é tarde demais.

Então veio um rapaz e cortou o abeto em pedacinhos, até que uma grande pilha de lascas se acumulou no chão. Os pedaços foram colocados em uma fogueira e rapidamente brilharam com grande intensidade, enquanto a árvore suspirava fundo e cada gemido parecia um pequeno disparo de pistola. Então as crianças que estavam brincando vieram sentar na frente do fogo, olharam para as chamas e imitaram o som, "tlec, tlec". Mas a cada "tlec", que era um suspiro profundo, a árvore estava pensando em um dia de verão na floresta, ou em uma noite de inverno quando as estrelas reluziam, e na noite de Natal e no Humpty Dumpty, que foi a única história que o abeto conheceu na vida e aprendeu a contar, até que, por fim, toda a madeira foi consumida.

Os meninos ainda estavam brincando no jardim, e o mais novo tinha colocado no peito a estrela dourada que havia enfeitado a árvore na noite mais feliz de sua existência. Agora, tudo era passado; a vida da árvore tinha passado e a história passou também, pois todas as histórias precisam chegar ao fim, uma hora ou outra.

O BONECO DE NEVE

– Está tão deliciosamente frio que meu corpo até estala – disse o Boneco de Neve. – Este é o tipo de vento que sopra vida para dentro de uma pessoa. Mas como aquela coisa vermelha grande está me encarando! – Ele estava falando do Sol, que estava se pondo. – Não vai conseguir me fazer piscar, e eu vou conseguir segurar todas as partes.

O Boneco de Neve tinha duas telhas triangulares em lugar dos olhos; a boca era feita com um ancinho e, portanto, tinha dentes. Ele havia sido montado em meio aos gritos alegres dos meninos, o tilintar dos sinos de trenós e o estalar de chicotes.

O Sol desceu, e a Lua cheia subiu, grande, redonda, clara e brilhando no profundo céu azul.

– Lá vem ele de novo, desta vez do lado oposto – disse o Boneco de Neve, achando que era o Sol se exibindo novamente. – Ah, eu o curei daquela mania de ficar encarando. Agora ele está brilhando lá em cima, e eu consigo enxergar a mim mesmo. Ah, se eu conseguisse me afastar daqui; gostaria tanto de poder me mexer! Se eu pudesse, iria deslizar para longe sobre o gelo, como vi os meninos fazerem, mas não entendo como. Eu nem sei correr.

– Ou, ou! – latiu o velho cão de guarda, que era um pouco rouco e não conseguia pronunciar corretamente "au, au".

No passado, o cão tinha vivido dentro de casa, onde muitas vezes se deitou perto da lareira; sua rouquidão vinha desde essa época.

– Um dia, o Sol vai fazê-lo correr sim, e até escorrer. Eu mesmo vi, no inverno passado, quando seu antecessor escorreu, e também o antecessor dele. Ou, Ou! Todos sempre escorrem.

– Não o entendo, meu camarada – o Boneco de Neve disse. – Aquela coisa lá em cima vai me ensinar a correr? Eu vi quando ele mesmo correu, pouco tempo atrás, e agora surgiu subindo do outro lado.

– Você não sabe de nada – o cão de guarda replicou. – Mas, por outro lado, você é novo ainda, acabou de ser feito. O que você está vendo agora é a Lua, o que você viu antes era o Sol. Ele vai voltar amanhã, e provavelmente vai ensinar você a escorrer para a canaleta junto ao poço, pois acho que o tempo vai mudar. Estou sentindo aqui na perna esquerda umas pontadas que parecem facas entrando, então tenho certeza de que o tempo vai virar.

– Não consigo entender aquele sujeito – o Boneco de Neve comentou consigo mesmo –, mas tenho a impressão de que ele está falando de algo bem desagradável. Aquela coisa que estava me encarando agora há pouco, que ele chama de Sol, não é meu amigo; estou sentindo isso também.

– Ou, ou! – latiu o cão, depois deu três voltinhas e entrou no canil para dormir.

O tempo mudou mesmo. Perto do alvorecer, uma névoa espessa cobriu o país inteiro e um vento agudo soprava tão forte que parecia capaz de congelar até os ossos das pessoas. Quando o Sol raiou, porém, uma visão se tornou esplendorosa. Árvores e arbustos estavam cobertos de granizo e pareciam uma floresta de corais brancos, enquanto em todo graveto reluziam gotas congeladas de orvalho. Suas formas delicadas, que no verão ficaram escondidas pela folhagem abundante, agora estavam claramente definidas e pareciam rendas brilhantes. Um esplendor branco refulgia de cada galho. As bétulas, balançando ao vento, estavam tão cheias de vida quanto em um dia de verão, e absolutamente deslumbrantes. Onde batia sol, tudo resplandecia e faiscava como se pó de diamante tivesse sido espalhado; e o tapete de neve que cobria a terra também parecia feito de diamantes, e deles saíam inúmeros feixes de luz cintilante e ainda mais branca do que a própria neve.

– Isto é realmente lindo – comentou uma mocinha que tinha ido ao jardim com um amigo; ambos pararam perto do Boneco de Neve e ficaram apreciando o esplendor da cena. – Nem o verão traz uma imagem tão bonita – ela exclamou, com olhos vivos.

– E no verão também não existem sujeitos como este aqui – respondeu o rapaz, apontando para o Boneco de Neve. – Ele é fundamental.

A menina riu e acenou para o Boneco de Neve, e foi embora saltitando pela neve com o amigo. O chão estalou e crepitou como se ela estivesse pisando em cima de roupas engomadas.

– Quem são aqueles dois? – o Boneco de Neve perguntou ao cão de guarda. – Você está aqui há mais tempo do que eu; você os conhece?

– Claro que os conheço – respondeu o cão. – A menina me fez carinho vezes sem conta, e o jovem já me deu muitos ossos. Eu nunca mordo aqueles dois.

– Mas o que eles são?

– São namorados – o cão explicou. – Com o tempo, eles vão morar juntos no mesmo canil e roer o mesmo osso. Ou, ou!

– Eles são o mesmo tipo de criaturas que você e eu?

– Bem, eles pertencem ao senhor mestre – o cão disse. – Dá pra ver como uma pessoa sabe pouco quando nasceu ontem. Vejo isso em você. Eu tenho idade e bastante experiência, conheço todo mundo naquela casa e sei que houve uma época quando não ficava aqui fora no frio, preso a uma corrente. Ou, Ou!

– O frio é delicioso – o Boneco de Neve falou. – Mas me conte mais, conte mais. Apenas não bata a corrente desse jeito; me dá aflição quando do você faz isso.

– Ou, ou! – o cão de guarda latiu. – Vou contar: antes, eles diziam que eu era uma graça de cachorrinho, e naquele tempo eu ficava em uma poltrona forrada de veludo, na casa do senhor amo, e sentava no colo da senhora; eles beijavam meu focinho e limpavam minhas patas com lenços bordados, e era "querido Ami" pra cá, "meu Ami docinho" pra lá. Só que depois eu fiquei grande demais, e eles me despacharam para a casa da criada, então passei a morar no andar de baixo. Aí de onde você está dá para ver o quarto onde eu era o mestre; sim, pois eu era, de verdade, amo e senhor da criada. O quarto era muito menor do que o de cima, mas eu ficava mais confortável, porque não era mais o tempo todo puxado e erguido pelas crianças. A comida era farta e boa, até melhor do que antes. Eu tinha uma almofada só pra mim e havia uma fornalha; uma fornalha é a melhor coisa do mundo nesta época do ano. Eu ia para baixo dela e ficava lá deitado. Ah, ainda sonho com aquela fornalha... Ou, Ou!

– Uma fornalha é algo bonito? É parecida comigo? – o Boneco de Neve quis saber.

– É o oposto de você – e o cão passou a descrever: – É escura como um corvo, tem um pescoço comprido e puxador de metal; uma fornalha come lenha e solta fogo pela boca. Uma pessoa tem que ficar ao lado ou abaixo, para se aquecer. Aí de onde você está dá para ver a fornalha através da janela.

O Boneco de Neve olhou, e o que viu foi uma coisa polida, brilhante, com um puxador de metal na frente e brasas incandescentes na parte de baixo. Essa visão deu ao Boneco de Neve uma sensação estranha; era bem esquisito, ele não sabia o que significava nem entendia direito. No entanto, há pessoas que não são bonecos de neve e que entendem muito bem esse sentimento.

– E por que você abandonou a fornalha? – o Boneco de Neve perguntou. – Como conseguiu deixar para trás um lugar tão gostoso?

– Eu fui obrigado – respondeu o cão de guarda. – Eles me expulsaram da casa e me acorrentaram aqui fora. Eu tinha mordido a perna do filho mais novo do senhor, porque ele havia chutado para longe o osso que eu estava roendo. "Um osso por um osso", eu pensei. Eles ficaram zangadíssimos e desde então fico acorrentado aqui, e perdi a voz. Percebe como sou rouco? Ou, ou! Não consigo mais falar como os outros cachorros. Ou, ou! E foi assim que tudo terminou.

O Boneco de Neve, porém, não estava mais ouvindo. Ele estava com o olhar fixo no quarto da criada no andar de baixo, onde ficava a fornalha, que tinha mais ou menos a mesma altura que ele próprio, e se apoiava em quatro calços de ferro.

– Que estranhas comichões estou sentindo aqui no peito – ele falou. – Será que devo entrar lá? É um desejo inocente, e desejos inocentes são sempre atendidos. Vou entrar no quarto e me encostar na fornalha nem que tenha que quebrar a janela.

– Não vá. Se você chegar perto da fornalha – o cão de guarda alertou –, vai derreter!

– Preciso ir – o Boneco de Neve respondeu. – Estou sofrendo com o jeito que as coisas estão.

Durante o dia inteiro, o Boneco de Neve ficou olhando através da janela. Ao entardecer, o quarto ficou ainda mais convidativo, pois da fornalha saía um brilho suave, não como o do Sol nem o da Lua; era a incandescência que vem de uma fornalha quando ela foi bem abastecida. Quando a portinhola foi aberta, as labaredas escaparam, como costuma ocorrer com todas as fornalhas, e a luz das chamas cobriu o rosto e o peito do Boneco de Neve com um clarão avermelhado.

– Eu não suporto mais – ele disse. – Como ela fica linda quando estica a língua para fora!

A noite foi longa, mas pareceu curta ao Boneco de Neve, que passou as horas entretido com seus pensamentos e estalando de prazer com o frio. Pela manhã, a janela do quarto da criada estava coberta de gelo. As vidraças exibiam as flores de granizo mais lindas que qualquer Boneco de Neve poderia desejar, mas elas escondiam a fornalha. O degelo não vinha e ele não enxergava nem um pedacinho da fornalha, que na imaginação dele era bela como uma linda mulher humana. A neve rangia e o vento assobiava ao redor dele; era o tipo de clima enregelante que um Boneco de Neve aprecia ao máximo. Mas ele não estava nem um pouco contente. Como poderia, afinal, estando tão apaixonado e distante?

– É uma condição terrível para um Boneco de Neve – o cão de guarda observou. – Eu mesmo já sofri disso, mas superei. Ou, ou! – ele latiu, e acrescentou: – O tempo vai mudar.

E mudou mesmo. A neve começou a derreter e, conforme o calor aumentava, o Boneco de Neve diminuía. Ele não disse nada, não reclamou, o que era sinal certeiro de estar morrendo.

Certa manhã, ele se partiu e afundou completamente. Mas esperem! Onde antes tinha estado o Boneco de Neve, havia agora, espetado no chão, algo parecido com uma vassoura. Era a estaca em volta da qual os meninos tinham construído o Boneco de Neve.

– Ah, agora eu entendi por que ele queria tanto se aproximar da fornalha! – concluiu o cão. – Ora, aquilo lá, amarrado à estaca, é a escova que se usa para limpar a fornalha. O Boneco de Neve tinha uma escova de fornalha dentro do corpo, era por isso. Ou, ou!

E logo o inverno chegou ao fim. O cão de guarda continuava com seu "ou, ou", enquanto dentro de casa as meninas cantavam:

Venha do seu lar aromático, verde tomilho,
Que já não resta nenhum empecilho.
Salgueiro, estique seus macios ramos,
Que muito contentes todos estamos.
A primavera vem com doce euforia,
E no céu voam as aves com alegria.
Chega o Sol gentil e o cuco canta,
E eu canto junto a mesma melodia.

E ninguém mais se lembrou do Boneco de Neve.

O BULE DE CHÁ

Era uma vez um bule de chá muito orgulhoso; tinha orgulho de ser feito de porcelana; orgulho de seu longo bico; orgulho de sua asa grande. Ele possuía uma coisa na frente e outra atrás, o bico e a asa, respectivamente, e era só disso que falava. Mas não dizia uma palavra sobre a tampa, que tinha se quebrado e sido remendada; era um defeito, e ninguém fala dos próprios defeitos, pois já há gente demais para fazer isso. As xícaras, o pote de creme e o açucareiro, todo o serviço de chá, de fato, pensava muito nas imperfeições da tampa do bule e comentava isso muito mais do que o lindo bico e a admirável asa. O bule de chá sabia disso.

– Eu conheço vocês – o bule dizia – e conheço também a minha imperfeição, e estou bem ciente de que é nela, justamente, que se vê minha humildade, minha modéstia. Imperfeições todos nós temos, mas também temos compensações. As xícaras têm asa e o açucareiro tem tampa; mas eu tenho ambos e mais uma coisa, na frente, que eles nunca poderão ter. Eu tenho um bico, e isso faz de mim o rei da mesa de chá. Eu concedo bênçãos para a humanidade sedenta, pois em mim as folhas de chá chinês são preparadas na fervura da água insípida.

Tudo isso o bule afirmou em sua juventude. Ele ficava na mesa posta para o chá; era erguido por uma mão bem delicada, porém um pouco desajeitada. O bule caiu, o bico se separou, a asa quebrou e da tampa nem vale a pena falar, pois já havia causado muito desgosto ao bule antes.

O bule estava desacordado no chão e toda a água fervente havia se derramado. Que vergonha, que vexame! Mas o pior era que todos estavam dando risada! Estavam rindo do bule e não da mão desastrada.

– Nunca vou esquecer aquela experiência. Fui chamado de inútil e jogado em um canto, e no dia seguinte dado a uma mulher que passou mendigando comida. Caí na pobreza e fiquei mudo tanto dentro quanto fora. Mas então, daquele jeitinho mesmo que eu estava, começou a melhor parte da minha vida. É possível ser uma coisa e depois virar outra. Colocaram terra em meu interior. Para um bule de chá, isso é o mesmo que ser enterrado, mas na terra havia um bulbo de flor. Quem pôs a terra dentro de mim ou o bulbo dentro da terra eu não sei, mas lá estavam, e aquilo substituiu as folhas de chá chinês e a água fervente, uma compensação para a asa e o bico partidos.

Tudo isso dizia o bule de chá, muito tempo depois, quando recordava sua vida. E também:

– O bulbo na terra era o bulbo em mim; tornou-se meu coração, meu coração vivo, de um modo que eu nunca tinha possuído antes. Havia força em mim, energia e poder. O coração pulsava, do bulbo saíram raízes; foi o surgimento de pensamentos e sentimentos que afinal desabrocharam em flor. Eu a vi, eu a entreguei para a luz, eu me perdi, encantado com ela. Abençoado é aquele que se esquece de si em favor de outro. A flor não me agradeceu, nem pensava em mim. Eu estava admirado e satisfeito. Como ela deve ter sido feliz! Certo dia, ouvi alguém dizer que a flor merecia um vaso melhor. Bateram forte nas minhas costas e senti uma grande aflição, e a flor foi replantada em um vaso melhor. Eu fui jogado fora no jardim, onde estou até hoje como um velho caco de louça. Mas tenho minhas recordações, e isso ninguém pode me tirar.

O COFRINHO

No quarto de uma criança, onde diversos brinquedos estavam espalhados, um cofrinho ficava em cima de um guarda-roupa muito alto. Ele era feio, de cerâmica na forma de um porco, e havia sido comprado do artesão. Na parte de trás do porquinho havia uma abertura, e essa abertura tinha sido alargada com uma faca, para que notas e até moedas grandes pudessem passar. De fato, havia duas moedas grandes dentro dele, além de várias pequenas. O cofre de porquinho estava tão cheio que, ao ser chacoalhado, nem fazia barulho, e este é o mais alto nível de preenchimento que um cofrinho pode atingir.

Lá ficava ele sobre o guarda-roupa, elevado e imponente, olhando de cima para todas as outras coisas lá embaixo no quarto. Ele sabia muito bem que tinha dentro de si dinheiro suficiente para comprar todos os demais brinquedos, e isso lhe dava uma opinião muito favorável sobre o próprio valor.

Os outros também pensavam assim, mas nunca tocavam no assunto, porque havia tantas outras coisas sobre o que falar. Uma boneca alta e ainda bonita, apesar de ser meio velha e ter remendos no pescoço, estava dentro de uma gaveta parcialmente aberta. Ela chamou os amigos:

– Ei, vamos brincar de ser homens e mulheres, vai ser divertido.

Essa sugestão provocou um grande rebuliço; até as gravuras penduradas na parede viraram ao contrário de tanta empolgação, e com isso mostraram seu avesso para os demais, apesar de não terem a menor intenção de se expor dessa forma nem de ir contra a sugestão da boneca.

Já era tarde da noite, mas, como o luar entrava pela janela, eles tinham luz a custo zero. A brincadeira estava prestes a ter início e todos foram convidados a participar, até o vagão do trenzinho, apesar de ele pertencer à categoria dos brinquedos mais toscos.

– Cada um tem seu valor – disse o vagão –, não dá para todo mundo ser nobre; alguém tem que trabalhar!

O cofre de porquinho foi o único que recebeu um convite escrito. Ele ficava tão no alto que os outros brinquedos tiveram medo de ele não aceitar uma mensagem verbal. Em sua resposta, o cofrinho falou que, se fosse para participar, ele deveria poder se divertir ficando na própria casa, e os outros que se virassem para tornar isso possível. E foi o que fizeram.

Assim, o pequeno teatro de bonecos foi colocado em uma posição que permitia ao cofre de porquinho olhar diretamente para ele. Alguns quiseram começar com uma comédia, para depois tomar chá e em seguida fazer um debate sobre desenvolvimento mental, mas acabaram começando pelo último.

O cavalo de balanço falou sobre treinamento e corrida; o vagão, sobre trilhos e energia a vapor, pois esses assuntos pertenciam a suas respectivas profissões, e fazia sentido que quisessem falar sobre eles. O relógio falou sobre política, soando tica-tica em lugar do tradicional tique-taque. Ele dizia sempre saber que horas eram, mas aqui e ali havia cochichos sobre ele não estar bem ajustado. A bengala de bambu estava de pé, rígida e vaidosa (ela se orgulhava de sua ponteira de latão e do castão de prata), e no sofá ficavam duas almofadas bordadas, bonitas, porém bobas.

Quando começou a peça de teatro, os demais sentaram para assistir; os artistas pediram que a plateia aplaudisse, ou batesse os pés no chão, ou desse estalo toda vez que gostasse do que visse. O chicotinho de brinquedo afirmou que nunca estalava por pessoas mais velhas, apenas no lombo dos jovens, em especial os ainda não casados.

– Eu quebro tanto as mais velhas quanto as mais novas – disse o abridor de nozes.

"Sim, e que baita barulhão você faz quando as esmaga", pensou a plateia, enquanto o teatro prosseguia.

A peça não era muito boa, mas as atuações foram ótimas e todos os atores viraram seus lados decorados para a plateia, pois eram feitos para ser vistos de um lado só, e só ele era pintado. O trabalho foi maravilhoso, exceto pelas poucas vezes em que os atores saíram do foco de luz, por terem fios muito longos.

A boneca do pescoço costurado ficou tão agitada que o remendo se abriu, e o cofre de porquinho declarou que precisava fazer alguma coisa por um dos atores, já que todos eles o haviam agradado tanto. Ele decidiu que em seu testamento iria nomear um dos artistas para ser enterrado com ele no jazigo da família, quando o evento da morte ocorresse.

A comédia foi tão divertida que eles desistiram do plano de tomar chá, e só levaram adiante a ideia da diversão intelectual, que era como eles chamavam a brincadeira de ser homem e mulher. E não havia nada de errado com isso, pois era apenas uma brincadeira. Durante o tempo todo, cada um pensava as melhores coisas sobre si mesmo, ou tentava imaginar o que o cofrinho estaria pensando deles. Enquanto isso, os pensamentos do cofrinho estavam muito longe dali: estavam no futuro, na redação do testamento, em seu enterro e no momento em que todos viessem a falecer.

Certamente, mais cedo do que ele imaginava, pois, de súbito e sem aviso, ele caiu do alto do armário direto no chão e se partiu em vários pedaços. As moedas que estavam lá dentro saíram pulando e dançando do jeito mais engraçado. As menores giravam como piões e as maiores rolavam para tão longe quanto conseguiam, em especial uma grande moeda de prata, que sempre havia desejado cair no mundo. E ela realizou seu sonho, assim como todas as demais. Os cacos do cofre de porquinho foram recolhidos e jogados na lixeira, e no dia seguinte havia um novo cofrinho no topo do armário; este ainda não tinha nem uma moedinha dentro de si e, portanto, como o anterior, mas por outro motivo, também não fazia barulho quando chacoalhado.

Este foi o início da história dele; quanto a nós, é o fim de nossa história.

O GALO DO PÁTIO E O GALO DO CATA-VENTO

Era uma vez dois galos. Um vivia no meio da titica do galinheiro e o outro no cata-vento do telhado. Ambos se julgavam importantes e eram muito convencidos, mas a pergunta é: qual dos dois era mais útil?

Uma cerca separava o pátio das aves de outro pátio, e neste segundo havia um monte de estrume onde ficava um canteiro de pepinos. Neste canteiro, estava plantado um pepino bem grande e que tinha consciência de ser uma planta que se desenvolve melhor no meio do estrume.

– Crescer no meio da titica de galinha é um privilégio de nascimento – o pepino disse para si mesmo. – Nem todo mundo pode ser pepino, outros seres precisam existir também. Os passarinhos, os patos e o gado no pátio ao lado, todos são criaturas diferentes, e tem também o galo do pátio. Eu consigo vê-lo quando ele pousa na cerca. Ele certamente tem muito mais importância do que o galo do cata-vento, que pode até estar por cima de todo mundo, mas não sabe nem gritar, que dirá cocoricar. Além do mais, ele não tem fêmeas nem filhotes, só pensa em si mesmo e transpira azinhavre, pois é feito de cobre. O galo do pátio é que é um galo de verdade. Ele anda como quem dança, seu cocoricó é pura música e por onde passa é instantaneamente reconhecido. Ah, que belo trompetista ele é! Se ao menos viesse até aqui... Mesmo que me comesse até o talo, seria uma morte das mais agradáveis – assim falava o pepino.

Durante a noite, o tempo ficou muito ruim; galinhas, pintinhos e até o próprio galo procuraram abrigo. O vento forte derrubou com um assovio agudo a cerca que dividia os pátios, as telhas voaram do telhado, mas o galo do cata-vento permaneceu firme, nem mesmo girou. Na verdade, ele nem teria como girar, apesar de ser novo e instalado há pouco tempo, porque era fixo. Ele já tinha nascido adulto e não se parecia nem um pouco com outras aves, como os pardais e as andorinhas que voam sob a abóbada celeste. Ele desprezava e olhava com desdém para os passarinhos cantantes que só existiam para piar. Os pombos, ele admitia, eram grandes e brilhavam ao sol como madrepérola. Lembravam um pouco os galos de cata-vento, mas eram inchados e bobos e só pensavam em se empanturrar de comida.

– Além disso, são criaturas tediosas com quem não se consegue conversar – falou o galo do cata-vento.

Os pássaros migratórios paravam com frequência para visitar o galo do cata-vento e contavam histórias sobre terras estrangeiras, sobre grandes bandos cruzando os céus e também de seus encontros com ladrões e aves de rapina. Eram histórias muito interessantes quando ouvidas pela primeira vez, mas o galo do cata-vento sabia que essas aves se repetiam demais, e com o tempo se tornava cansativo ouvi-las.

– Esses pássaros são muito monótonos, e os outros também – ele afirmou. – Não há ninguém de bom nível com quem eu consiga me relacionar. Todo mundo é tedioso e tolo. O mundo inteiro não vale nada, é feito de pura burrice.

O galo do cata-vento era o que se costuma chamar de "superior" e essa característica, sozinha, teria bastado para atrair a atenção do pepino, caso ele soubesse disso. Como não sabia, só tinha olhos para o galo do pátio, que neste momento estava saindo do abrigo e indo para o lado onde ficava o pepino, pois a tempestade violenta tinha passado, mas o vento havia derrubado a cerca.

– O que acham do meu cocoricó quando eu canto? – o galo do pátio perguntou à galinha e aos pintinhos.

Era áspero e faltava elegância, mas eles não responderam isso, simplesmente continuaram ciscando no monte de estrume onde o galo desfilava como se fosse um nobre cavaleiro.

– Criatura da horta! – o galo falou para o pepino.

O pepino, ouvindo isso, ficou muito feliz, pois o cumprimento mostrava que o galo sabia quem ele era. O pepino ficou tão comovido que nem se deu conta de estar sendo devorado; ah, morte gloriosa!

Então as galinhas saíram correndo e os pintinhos foram logo atrás, pois, para onde um vai, o bando inteiro vai também. Todos piaram e admiraram o galo que tinha encontrado o pepino, orgulhosos de serem da família.

– Cocoricó – o galo cantou. – Todos os pintinhos serão em breve frangos bem grandes, se minha voz for ouvida no pátio todo.

As galinhas e os pintinhos cantaram e cacarejaram, e o galo lhes contou muitas coisas.

– Um galo consegue botar ovo – ele disse. – E o que vocês acham que tem dentro desse ovo? Uma serpente mágica chamada basilisco. Ninguém resiste ao olhar dela. Os homens já conheciam meu poder, agora vocês também estão informadas e sabem que sou um pássaro famoso.

E com isso o galo do pátio bateu as asas, elevou a crista e cocoricou de novo, até que todas as galinhas e todos os pintinhos tremeram de medo, apesar de sentirem orgulho por alguém de sua espécie ser tão conhecido no mundo inteiro. Eles piaram e cantaram enquanto o galo do cata-vento escutava tudo; ele tinha escutado a conversa desde o começo, mas sem se mexer nem um pouco.

– Isso tudo é uma grande asneira – disse uma voz de dentro do galo do cata-vento. – O galo do pátio não consegue botar mais ovo do que eu mesmo consigo, mas até isso me dá preguiça. Se eu quisesse, poderia botar um ovo sem casca, que dá menos trabalho, mas o mundo não merece nem isso. E pra mim já chega de ficar aqui sentado.

O galo do cata-vento se partiu e caiu no chão. Ele não acertou o galo do pátio, embora as galinhas tenham dito que a intenção dele era essa.

E qual é a moral da história? Melhor cocoricar do que se vangloriar e no final se quebrar.

O GUARDADOR DE PORCOS

Era uma vez um príncipe que possuía um reino, mas era um reino meio pobre. Mesmo assim, havia dinheiro suficiente para que ele se casasse, e o príncipe bem que desejava se casar.

Ele foi bastante ousado quando disse para a filha do imperador:

– Você me aceita por marido?

Ele era muito famoso em diversos reinos, e havia uma centena de princesas que teriam respondido "Sim!" e também "Eu lhe agradeço". Vamos ouvir o que respondeu essa princesa. Escutem!

Acontece que, bem em cima de onde estava enterrado o pai desse príncipe, havia uma roseira; uma roseira belíssima, que só florescia uma vez a cada cinco anos e, mesmo assim, dava somente uma flor. Ah, mas que flor era aquela! Seu perfume era tão inebriante que todos que o sentiam esqueciam por completo qualquer dor ou preocupação.

Além disso, o príncipe possuía um rouxinol que cantava de tal modo que parecia que todas as mais doces melodias do mundo moravam em sua pequena garganta. Bom, a princesa ganharia a roseira e o rouxinol; ambos foram acomodados em caixas e enviados a ela.

O imperador fez com que as caixas fossem depositadas em um grande salão, onde a princesa e outras senhoritas da corte brincavam de receber visitas. Quando ela viu as caixas com os presentes, bateu palmas de alegria.

– Tomara que seja um gatinho! – ela exclamou.

Em vez de um gato, porém, o que surgiu foi a roseira com sua única, linda flor.

– Que bonita! – disseram as amigas da princesa.

– É mais do que bonita – o imperador corrigiu. – É encantadora.

A princesa tocou e ficou à beira das lágrimas.

– Credo! – ela exclamou. – Veja, papai, não é fabricada, é natural!

– Credo! – gritaram as outras mocinhas. – Natural!

– Antes de ficarmos de mau humor, vamos ver o que tem na outra caixa – o imperador sugeriu.

Da segunda caixa saiu o rouxinol, cantando de um jeito tão deslumbrante que no início ninguém conseguiu dizer nada negativo sobre ele.

"*Superbe!*" "*Charmant!*", exclamaram as senhoritas, que costumavam conversar em francês, apesar de falarem tudo errado.

– Este passarinho me lembra da caixa de música da nossa amada imperatriz – comentou o velho cavaleiro. – Ah, sim, é a mesma melodia, o mesmo ritmo. Ah, é igualzinho – e diante dessa recordação o imperador começou a chorar como um bebê.

– Ainda estou torcendo para que este passarinho não seja de verdade – a princesa falou.

– Mas é, sim, um pássaro de verdade – respondeu o carregador.

– Pois bem, então que voe – retrucou a princesa, e se recusou terminantemente a encontrar o príncipe.

Ele, porém, não desanimou. Pintou o rosto de marrom e preto, puxou o capuz sobre as orelhas e bateu na porta do castelo.

– Desejo que meu nobre imperador tenha um bom dia – ele disse. – Posso trabalhar em alguma coisa aqui no palácio?

– Ora, bem, sim, claro – respondeu o imperador. – Acabei de lembrar que preciso de alguém para tomar conta dos porcos, que são muitos.

E foi assim que o príncipe se tornou o guardador dos porcos imperiais.

Deram-lhe um quartinho miserável, perto do chiqueiro, e lá ele era obrigado a ficar; ele sentou e trabalhou duro o dia inteiro. Ao entardecer, tinha fabricado uma boa panela. Ele decorou a borda com pequenos sinos e, quando a água lá dentro fervia, eles tilintavam do jeito mais adorável, tocando aquela velha música em alemão:

Ach, du lieber Augustin
Alles ist weg, weg, weg[1]

Mas o mais interessante sobre a panela era que, se uma pessoa colocasse o dedo acima do vapor que saía dela, conseguia sentir o cheiro das comidas que estavam sendo preparadas em todas as casas da cidade. Ora, isso era muito diferente da rosa, vocês compreendem.

Por acaso, a princesa estava passeando pela corte com as amigas e ouviu a melodia; ela parou para ouvir e pareceu gostar, pois conhecia "Caro Augustine". Era a única música que sabia tocar no piano e, mesmo assim, apenas com um dedo.

– Ah, é a música que eu toco – ela comentou. – Com toda a certeza este guardador de porcos recebeu uma boa educação. Vai lá e pergunte quanto ele quer pelo instrumento.

Então uma das senhoritas da corte precisou entrar na pocilga, mas antes teve o cuidado de calçar chinelos de madeira.

– O que você quer pela panela? – a dama perguntou.

– Dez beijos da princesa – respondeu o guardador de porcos.

– Que os céus nos protejam! – a moça exclamou, horrorizada.

– Não posso vender por menos.

Quando a amiga voltou, a princesa quis saber:

– Então, o que ele disse?

– Não tenho coragem de repetir, é muito nojento.

– Então cochicha no meu ouvido – a princesa sugeriu.

A amiga cochichou.

– Mas que sujeitinho atrevido! – disse a princesa, e saiu andando.

Poucos passos depois, ela ouviu mais uma vez os sininhos tilintando:

1 Canção popular vienense, provavelmente composta pelo tocador de gaita de Foles Marx Augustin em 1679. (N.E.)

Ah, pobre Augustine
Perdeu tudo, ficou sem nada

– Esperem! – a princesa falou. – Pergunte se ele aceitaria dez beijos das minhas amigas damas da corte.

– Não, muito obrigado! – o guardador de porcos respondeu. – Dez beijos da princesa, ou a panela fica comigo.

– Ora, mas que chatice. Ele não vai ficar com a panela, não mesmo! – disse a princesa, e acrescentou: – Mas vocês fiquem todas na frente, para que ninguém veja.

As damas se posicionaram na frente da princesa e seguraram as saias bem abertas, formando uma cortina. Assim, o guardador de porcos conseguiu dez beijos e a princesa conseguiu a panela.

Ah, que maravilha! A panela continuou fervendo a noite toda e o dia seguinte inteiro. Elas sabiam exatamente o que estava sendo preparado em todas as cozinhas da cidade, desde o camareiro até o sapateiro. As damas da corte bateram palmas e dançaram.

– Nós sabemos quem vai jantar sopa e quem está preparando panquecas, quem vai comer costeleta e quem está fazendo ovos mexidos. Que coisa mais interessante!

– Sim, mas guardem muito bem o meu segredo, pois sou a filha de um imperador.

O príncipe, isto é, o guardador de porcos, pois ninguém sabia que ele era algo mais que um pobre cuidador de bacorinhos, não deixava passar um dia sem construir alguma coisa. Por fim, fabricou um chocalho que, quando agitado, tocava todas as valsas e gingas que já tinham sido ouvidas desde a criação do mundo.

– Ah, isto é *superbe*! – exclamou a princesa, quando passou ali perto e escutou. – Nunca ouvi composições mais lindas. Vá lá perguntar a ele o preço do instrumento. Mas preste atenção: beijos eu não darei mais!

– Ele disse que quer cem beijos da princesa – disse a senhorita que tinha ido perguntar.

– Ele não bate bem da cabeça – desabafou a princesa, e saiu andando.

Porém, depois de andar só um pouquinho, ela parou de novo.

– É preciso incentivar a arte – ela disse. – Eu sou a filha do imperador. Diga que ele pode receber, como ontem, dez beijos meus, e que o resto será dado pelas damas da corte.

– Ah, mas nós não queremos – elas comentaram entre si.

– O que vocês estão cochichando? – a princesa perguntou. – Se eu posso beijar o guardador de porcos, vocês com certeza também podem! Além do mais, eu alimento vocês e dou um salário.

– Cem beijos da princesa – respondeu o rapaz –, ou cada um fica com o que tem.

– Fiquem em volta – a princesa falou, e todas as senhoritas se puseram ao redor, como da outra vez.

– Qual será a razão para haver tanta gente perto do chiqueiro? – perguntou o imperador, que por acaso tinha saído para a varanda; ele esfregou os olhos e colocou os óculos. – São as damas da corte. Preciso ir lá ver o que está acontecendo.

Ele tornou a encaixar os calcanhares dentro dos chinelos, pois até então vinha caminhando com o calçado dobrado, pisando em cima. Assim que chegou perto, passou a andar com muita cautela, e as mocinhas estavam tão absortas escondendo o beijo que não perceberam sua aproximação. Ele ficou na ponta dos pés.

– Mas o que é isto? – ele falou, quando entendeu o que estava acontecendo, e deu um tapa na orelha da princesa bem quando o guardador de porcos estava recebendo o octogésimo sexto beijo. – Fora daqui, vocês dois! Fora, fora!

O imperador estava gritando porque tinha ficado muito bravo. Tanto a princesa quanto o cuidador de porcos foram expulsos da cidade; a princesa chorou, o porqueiro reclamou e uma chuva pesada começou a cair.

– Ah, pobre de mim, que criatura infeliz eu sou! – a princesa falou. – Se pelo menos eu tivesse me casado com aquele belo príncipe! Ah, como sou azarada!

O guardador de porcos foi para trás de uma árvore, usou a água da chuva para lavar do rosto a pintura preta e marrom, tirou as roupas sujas e voltou em seus trajes de príncipe. Sua aparência era tão nobre que a princesa não pôde evitar fazer uma reverência.

– Eu vim para ensinar-te uma lição – ele disse. – Tu não terás um príncipe honrado a teu lado! Tu não foste capaz de dar valor a uma rosa e a um rouxinol, mas concordaste em beijar um guardador de porcos em nome de uma bugiganga musical. O que te acontece agora, princesa, é bem merecido.

Então ele voltou ao próprio reino modesto e bateu a porta do palácio bem na cara da princesa. Ela agora podia cantar:

Ah, pobre Augustine
Perdeu tudo, ficou sem nada.

O LINHO

O linho estava em plena floração; tinha lindas florzinhas azuis, delicadas como as asas de uma mariposa. O Sol brilhava sobre ele e as chuvas o banhavam, e isso fazia tão bem ao linho quanto faz bem às crianças serem banhadas e depois beijadas por suas mães. Elas ficam bem mais bonitas por causa disso, e o linho também.

– As pessoas dizem que eu sou lindo – o linho falou – e que tenho fibras tão longas e finas que sem dúvida serei uma bela peça de roupa de linho. Como sou sortudo! Fico tão contente por saber que algo pode ser feito de mim. Como o Sol me alegra, como a chuva me refresca! Sou felicíssimo, ninguém no mundo pode se sentir mais feliz do que eu.

– Ah, sim, sem dúvida – respondeu a samambaia –, mas você ainda não conhece o mundo tão bem quanto eu, pois meus ramos são nodosos – e depois cantou, com grande tristeza:

> *Quem comeu, comeu*
> *E muito se regalou*
> *Quem ficou sem, se calou*
> *Que agora se acabou.*

– Não, não acabou – o linho respondeu. – Amanhã o Sol vai brilhar ou a chuva vai cair. Eu sinto que estou crescendo. Sinto que estou em plena floração. Sou a mais feliz das criaturas, pois um dia eu vou virar alguma coisa.

Bem, um dia chegaram umas pessoas, que apanharam o linho e o arrancaram até as raízes, o que foi bem dolorido. Depois ele foi posto em água, como se quisessem afogá-lo, e depois disso colocado junto ao fogo, como se quisessem tostá-lo. Tudo isso foi muito chocante.

– Bem, não podemos esperar ser felizes o tempo todo – o linho falou.
– Passando por maus e bons momentos, nós nos tornamos sábios.

E certamente havia muitos maus momentos à espera do linho. Ele foi mergulhado, tostado, partido e escovado; de fato, o linho mal sabia o que estava sendo feito com ele. Por fim, foi encaixado em uma roda de fiar. "Vrum, vrum", fazia a roda, tão depressa que o linho não conseguia nem raciocinar.

"Bem, eu fui muito feliz", ele pensou, no meio de seu sofrimento, "e devo me contentar com o passado". E contente ele continuou, até ser posto no tear, onde foi transformado em uma linda peça de linho branco. O linho inteirinho, até a última haste, foi usado na fabricação desta única peça.

– Ora, mas isso é maravilhoso – o linho falou. – Eu nunca teria imaginado que seria tão abençoado pela boa sorte. A samambaia não estava errada quando cantou aquela canção, mas tenho certeza de que a música ainda não terminou; está apenas começando. Após tanto sofrimento, como é maravilhoso ter virado alguma coisa. Sou a pessoa mais feliz do mundo, sou tão forte e fino. E tão branco e comprido! Isso é muito melhor do que ser uma simples planta que dá flores. Antes eu não tinha nenhuma atenção e só recebia água se chovesse, agora olham para mim e me cercam de cuidados. Todas as manhãs a criada me vira e todas as noites tomo banho de regador. Além disso, outro dia a esposa do reverendo reparou em mim, e comentou que eu era o melhor pedaço de linho de toda a paróquia. Eu não poderia ser mais feliz do que sou agora.

Passado algum tempo, levaram o linho para a casa, e lá ele foi cortado com tesouras, transformado em pedaços e espetado por agulhas. Isso certamente não foi nada agradável, mas no fim foi transformado em doze peças de roupa do tipo que todo mundo usa.

– Pois vejam só agora – ele disse –, virei uma coisa importante. Esse é meu destino, e é uma verdadeira bênção. Agora terei serventia no mundo, como todos devem ter; é o único modo de ser feliz. Estou dividido em doze pedaços, e ainda assim a dúzia toda é uma e a mesma. É a mais extraordinária boa sorte!

Os anos passaram e por fim o linho ficou tão esgarçado que mal se mantinha junto.

– Deve acabar a qualquer momento – as peças comentaram entre si.
– Bem que nós gostaríamos de permanecer unidas mais um pouco, mas é inútil torcer pelo impossível.

Finalmente, as partes viraram trapos e farrapos e pensaram que era o fim da linha, pois foram rasgadas em tiras, mergulhadas em água, transformadas em polpa, secadas e sabe-se lá mais o quê, até que subitamente se perceberam como um lindo papel branco.

– Ora, ora, mas isto é realmente uma surpresa, e uma surpresa gloriosa – exclamou o papel. – Agora sou mais elegante do que nunca, e quem pode saber que coisas maravilhosas poderão ser escritas em mim? Mas que sorte esplêndida!

E assim foi, pois as mais belas histórias e poesias foram escritas sobre ele, e houve apenas um borrão, e isso foi uma sorte notável. Então as pessoas ouviram as histórias e leram os poemas e isso as tornou melhores e mais sábias, pois tudo o que estava escrito era bondoso e sensato e continha uma graça divina.

– Nunca imaginei nada nem remotamente perto disso, quando eu era apenas uma florzinha azul crescendo lá no campo – afirmou o papel.
– Como eu poderia saber que serviria de meio para levar conhecimento e alegria aos homens? Eu mesmo não entendo, no entanto, mas é assim que é. Os Céus sabem que eu, pessoalmente, não fiz nada; apenas tive de me contentar com as minhas modestas forças em nome da minha preservação. Apesar disso, fui promovido de uma honraria a outra. Cada vez que eu penso que a canção chegou ao fim, algo superior e ainda melhor tem início. Suponho que agora serei enviado para longas jornadas mundo afora, para que as pessoas possam me ler. Não pode ser de outra

forma, pois tenho mais pensamentos elevados escritos em mim do que tinha, antigamente, florzinhas brotando. Sou mais feliz do que nunca.

Mas o papel não partiu em viagem. Ele foi mandado ao impressor, e todas as palavras que estavam escritas nele foram arranjadas de modo a formar um livro; e não só um, mas muitas centenas de livros, pois mais gente pode se beneficiar e extrair prazer de um livro impresso do que de um papel escrito à mão, e se o papel tivesse sido enviado para o outro lado do mundo, teria se rasgado antes de chegar à metade da jornada.

– Sem dúvida, isso era o mais sábio a ser feito – o papel concluiu. – Realmente, eu não tinha pensado na minha fragilidade. O mais provável é que eu fique na casa, e que lidem comigo com muito respeito, como se eu fosse um avô, o que de fato eu vou ser para todos esses livros mais novos. Eles vão se sair bem. Eu não conseguiria perambular por aí como eles conseguirão, porém, aquele que escreveu tudo isso olhava para *mim* enquanto as palavras fluíam da caneta dele para a minha superfície. Eu recebi a maior honraria.

Então o papel foi amarrado em um fardo com outros papéis e jogado em um balde no banheiro.

– Ah, nada como um pouco de repouso após o trabalho – o papel falou. – É também uma ótima oportunidade para refletir. Agora, pela primeira vez, serei capaz de saber o que está escrito em mim; e conhecer a si mesmo é sempre um progresso. Eu me pergunto o que será feito de mim agora... Sem dúvida continuarei indo em frente, já que até aqui só progredi, como sei muito bem.

O que aconteceu foi que, certo dia, todos os papéis que estavam no balde foram retirados e dispostos na lareira para queimar. As pessoas disseram que as folhas não poderiam ser vendidas em loja, nem usadas para embrulhar manteiga e açúcar, por haver coisas escritas neles. As crianças da casa ficaram em volta para assistir, pois papel sempre pega fogo de um jeito bem bonito e depois, entre as cinzas, restam muitas brasas vermelhas correndo umas atrás das outras, bem depressa, rápidas como o vento. As crianças chamavam essa brincadeira de observar as brasas de "Os alunos fogem da escola", e a última brasa era o bedel chamando-os de volta para dentro. Quando achavam que determinada brasa era a última, elas gritavam "Lá vai o bedel!", mas logo em seguida surgia outra brasa, linda e faiscante, e ela era o novo bedel. Ah, como as crianças queriam saber para onde iam as brasas todas! Talvez algum dia elas descubram.

Todo o fardo de papel foi depositado na fogueira e logo estava em chamas. "Ai, ui!", gritou o papel, enquanto se transformava em uma labareda flamejante. Certamente ser queimado não era nada agradável. Porém, quando todos os papéis foram envolvidos pelas chamas, as brasas subiram muito mais alto do que o linho tinha conseguido elevar suas florzinhas azuis, e elas reluziam como o linho branco jamais poderia ter reluzido. Todas as letras escritas ficaram vermelhas em um instante, e todas as palavras e ideias viraram fogo.

– Agora eu estou subindo direto rumo ao Sol – disse uma voz, em meio às chamas, e foi como se mil vozes ecoassem aquelas palavras, enquanto as línguas de fogo se elevavam pela chaminé e saíam pelo orifício no alto.

Então, numerosas criaturas minúsculas, tantas quantas tinham sido as flores do linho, porém invisíveis aos nossos olhos, flutuaram acima das crianças. Essas criaturas eram ainda mais leves e delicadas do que as flores azuis das quais tinham surgido; e enquanto as flamas lentamente se apagavam e nada restava dos papéis, a não ser as cinzas, essas pequenas criaturas dançavam no alto, e, onde pousavam, brasas vermelhas e brilhantes surgiam.

– Os alunos fugiram da escola e o bedel saiu correndo atrás deles – as crianças gritaram.

Era uma boa diversão, e por cima das cinzas a criançada cantou:

Quem comeu, comeu
E muito se regalou
Quem ficou sem, se calou
Que agora se acabou.

As criaturinhas invisíveis, porém, responderam:
– Não acabou não, o melhor ainda está por vir.

Mas as crianças não conseguiram escutar nem teriam podido entender; e nem deveriam, mesmo, pois as crianças não precisam saber de tudo.

O PATINHO FEIO

Era verão e o campo estava muito lindo. As aveias eram verdes e as plantações de trigo estavam douradas, e o feno estava empilhado em grandes fardos na relva verdejante. A cegonha caminhava por ali com suas longas pernas vermelhas, matraqueando em egípcio, a língua que tinha aprendido com sua mãe.

Em torno da relva e dos campos de milho cresciam árvores grossas, e no meio da floresta havia um lago bem fundo. Ah, sim, o campo era realmente belíssimo.

Em um ponto onde batia sol, ficava uma agradável casa de fazenda, rodeada por canais profundos. Das paredes até a beira da água, cresciam grandes bardanas, tão altas que, debaixo da mais alta delas, uma criança pequena conseguia ficar de pé. O lugar era selvagem como se ficasse bem no meio da densa floresta.

Neste refúgio aconchegante, uma pata estava sentada no ninho chocando seus ovos; mas o prazer que ela havia sentido no início já tinha quase sumido, e ela estava começando a pensar que aquela tarefa era bem cansativa, porque os pequenos demoravam a sair da casca, e ela raramente recebia visitas. Os outros patos gostavam muito mais de nadar nos canais do que escalar as margens escorregadias para se sentar sob a folhagem e conversar com ela. Era tempo demais para passar sozinha.

Depois de bastante tempo, porém, uma das cascas se partiu, e logo depois outra, e de cada uma saiu uma criaturinha que ergueu a cabeça e gritou "pip, pip".

– Quac, quac – a mãe falou, e então todos os filhotes também tentaram falar, tão bem quanto conseguiam, ao mesmo tempo que observavam tudo ao redor, até as folhas verdes lá no alto. A mãe permitiu que eles ficassem olhando durante todo o tempo que quiseram, porque verde faz bem para os olhos.

– Que delicioso deve ser este mundo – os pequenos disseram, quando perceberam que havia muito mais espaço ali do que antes, dentro dos ovos.

– Isto aqui é o mundo todo, você acha? – disse a mãe. – Espere até ver o jardim. Ele se estende bem além, até o campo do pastor, apesar de eu mesma nunca ter me aventurado a ir tão longe. Todo mundo já saiu? – ela perguntou, levantando-se para olhar. – Não, nem todos; o ovo maior ainda está inteiro, é o que vejo. Eu me pergunto quanto tempo mais isso vai durar. Estou começando a ficar realmente cansada – mas, mesmo assim, ela se sentou para chocar de novo.

– Olá, como vai você? – perguntou uma pata mais velha que tinha ido fazer uma visita.

– Tem só um ovo que ainda precisa ser chocado. A casca está dura e parece que não vai quebrar – respondeu a mãe orgulhosa, sentada no ninho. – Mas olhe para estes outros. Não tenho uma bela família? Eles não são os patinhos mais lindos que você já viu? São a cara do pai, aquele inútil. Ele nunca vem me ver.

– Deixe-me dar uma olhada neste ovo que ainda não eclodiu – pediu a velha pata. – Não tenho dúvida de que é um ovo de galinha d'angola. A mesma coisa aconteceu comigo uma vez, e foi uma trabalheira, porque os filhotes têm medo de água. Eu grasnei e até cacarejei, mas foi em vão. Deixe-me ver. Sim, eu estava certa, é mesmo de galinha d'angola, posso jurar. Aceite meu conselho e deixe este ovo aí. Venha para a água ensinar os outros a nadar.

– Prefiro esperar mais um pouquinho – respondeu a mãe. – Já passei tanto tempo chocando que um ou dois dias a mais não vão fazer diferença.

– Muito bem, então fique à vontade – a pata falou enquanto se levantava, e partiu.

❀ ❀ ❀

Por fim, o grande ovo eclodiu e a última ave gritou "pip, pip" enquanto saía da casca. Como era grande e feio! A mamãe pata olhou para ele e não soube o que pensar.

– Francamente – ela falou –, isto é um pato enorme, e não se parece nem um pouco com os demais. Eu me pergunto se afinal de contas ele é mesmo uma galinha d'angola... Bem, veremos quando chegarmos à água, pois na água ele vai entrar, nem que para isso eu tenha que empurrá-lo pessoalmente.

No dia seguinte, o tempo estava maravilhoso. O Sol brilhava com força nas folhas verdes da bardana e a mamãe pata levou a família toda para nadar; ela pulou e a água fez "chuá".

– Quac, quac – ela chamou, e, um após o outro, os patinhos começaram a mergulhar.

A água se fechou por cima da cabeça deles, mas logo voltaram à superfície e em um instante estavam nadando de um lado a outro com bastante jeito; o cinzento feioso entrou na água também, e nadou com eles.

– Ah! – a mãe falou. – Não é uma galinha d'angola. Basta ver como ele usa as pernas e como tem uma postura ereta! Ele é meu filho, e afinal nem é tão feio assim, se você olhar pelo ângulo certo. – Quac, quac, vem comigo, eu vou apresentar você para a sociedade e para todos na casa. Mas fique perto de mim, do contrário pode ser pisoteado; e o mais importante: tenha muito cuidado com o gato.

Quando eles chegaram à casa de fazenda, uma briga encarniçada estava em curso; duas famílias estavam disputando uma cabeça de enguia, a qual, no fim, foi levada embora pelo gato.

– Vejam, crianças, é assim que funciona o mundo – a mamãe pata falou, com água na boca, pois também teria adorado devorar a cabeça de enguia. – Agora venham; usem as pernas e vamos ver se sabem se comportar. Vocês devem curvar a cabeça do modo mais gracioso para aquela pata de mais idade, ali na frente; ela é a mais bem-nascida de todos e tem sangue espanhol; portanto, importante. Vejam que ela tem uma fita vermelha amarrada na perna, um sinal de grandeza e honra para um pato, pois mostra que todo mundo está atento para não perdê-la e que ela deve ser notada tanto por homens quanto por animais. Agora venham, e não virem os pés para dentro; um patinho bem-educado anda com as patas bem afastadas e viradas para fora, como seu pai e sua mãe. Por aqui. Agora curvem a cabeça e digam "Quac!".

Os patinhos fizeram como a mãe havia recomendado, mas os demais patos ficaram encarando o grupo e disseram:

– Vejam, lá vem mais uma ninhada! Como se já não existissem patos suficientes por aqui... E que Deus me abençoe, que tipo esquisito é aquele lá? Nós não vamos querer que ele fique aqui – e dizendo isso o pato saiu voando e mordeu o outro no pescoço.

– Deixe-o em paz! – disse a mamãe pata. – Ele não está fazendo mal a ninguém.

– Verdade, mas ele é tão grande e tão feio que só de olhar já ficamos assustados – o pato maldoso respondeu. – E por isso deve ser expulso. Umas mordidas vão lhe fazer muito bem.

– Os outros são crianças muito bonitas – falou a pata da fita na perna. Todos, exceto este. Eu gostaria que a mãe desse um jeito na aparência dele, porque de fato é horrível.

– Isto é impossível, senhora – a mãe respondeu. – Ele não tem boa aparência, mas tem um temperamento ótimo e nada tão bem quanto os outros, ou até melhor. Com o tempo, acredito que vai ficar menor e mais bonito. Ele ficou tempo demais no ovo, por isso o corpo não se formou direito; mas é um pato, então isso não tem muita importância – e nesse ponto ela curvou o pescoço e ajeitou as penas, dizendo: – Acho que ele vai crescer forte e sadio, e saberá tomar conta de si mesmo.

– Seus outros patinhos são uma graça – a pata mais velha falou. – Agora, fique à vontade e, se encontrar uma cabeça de enguia por aí, pode trazer para mim.

Assim, eles todos se puseram bem à vontade; mas o pobre pato que tinha sido o último a sair da casca, e que era todo feioso, foi mordido e empurrado e zombado não só pelos patos, mas por todas as aves.

– Ele é grande demais – diziam todos.

O peru, que tinha nascido com esporas e por isso se achava importante feito um imperador, inflou o peito como as velas de um barco e voou para cima do pobre pato. A aflição do pato foi tamanha que ele ficou vermelho; o coitadinho não tinha para onde ir e se sentia muito infeliz por ser tão feio a ponto de todos caçoarem dele.

Assim foi, dia após dia; as coisas só pioravam. O pato feio era perseguido por todo mundo; até seus irmãos e irmãs eram rudes, e diziam:

– Seu feio, espero que o gato o pegue.

Além disso, alguém ouviu a mãe dizer que preferia que ele nunca tivesse nascido. Os patos o bicavam, as galinhas batiam nele e a menina que alimentava as aves o empurrava com o pé. No fim, ele acabou fugindo, e no voo da fuga, quando passou por cima das estacas, ainda assustou os passarinhos que estavam pousados na cerca viva.

– Eles têm medo da minha feiura – ele falou, e decidiu voar para mais longe ainda, até que chegou a um grande brejo habitado por patos selvagens; lá ele passou a noite, sentindo-se muito infeliz.

Pela manhã, quando os patos selvagens levantaram voo, viram o novo camarada.

– Que tipo de pato é você? – eles perguntaram, aproximando-se dele.

Ele curvou a cabeça e agiu com toda a educação, mas não respondeu à pergunta.

– Você é inacreditavelmente feio – os patos selvagens falaram –, mas isso não tem importância, desde que você não queira se casar com ninguém da nossa família.

Pobre dele! O coitado não pensava nem um pouco em casamento; só o que desejava era permissão para ficar no meio do junco e beber um pouco da água do brejo. Quando já fazia dois dias que ele estava lá, chegaram dois gansos selvagens, ou melhor, dois gansinhos, já que fazia pouco tempo que tinham saído dos ovos, e a juventude também explica o atrevimento, pois eles disseram:

– Ouça, amigo, você é tão feio que gostamos bastante de você. Quer vir conosco e virar uma ave migratória? Não muito longe daqui tem outro brejo onde vivem muitas gansas selvagens, todas solteiras. É uma chance de conseguir uma esposa. Você pode se dar bem, feio como é.

"Bang, bang", ouviu-se no ar, e os dois gansos selvagens caíram mortos entre os juncos, e a água ficou tingida de sangue. "Bang, bang", soou de novo, mais longe, e todo o bando de gansos selvagens levantou voo e partiu dos juncos.

O som prosseguiu, vindo de todas as direções, pois atiradores haviam cercado o brejo e alguns tinham até sentado nos galhos mais altos para melhor observar o junco. A fumaça azulada dos disparos subiu como uma nuvem por cima das árvores; enquanto ela se dissipava, vários cães de caça saltaram para o meio do junco, que vergava e se amassava por onde eles passavam. Como aqueles cães aterrorizaram o coitado do patinho! Ele virou o pescoço para esconder a cabeça debaixo de uma asa e na mesma hora chegou um cachorro enorme e muito feroz, com a bocarra aberta, a língua para fora e os olhos brilhando, ameaçadores. Ele pôs o focinho bem perto do pato, com os dentes arreganhados, e depois "chuá, chuá", entrou na água sem tocar nele.

– Ah! – o patinho soltou um longo suspiro. – Como estou grato por ser tão feio; nem o cachorro quer me morder!

Ele ficou deitado quietinho, enquanto as espingardas matraqueavam no meio do junco, e um tiro após o outro era disparado um pouco acima de onde ele estava. Quando tudo finalmente se acalmou, já era bem tarde, mas mesmo assim o coitado do jovem pato não ousou se mexer. Ele aguardou imóvel por muitas horas e então, depois de olhar em volta com bastante cuidado, afastou-se do brejo o mais depressa que conseguiu. O patinho correu por campos e prados até que caiu o maior temporal, e ele quase não conseguia avançar.

Perto do anoitecer, ele chegou a uma pequena cabana que parecia prestes a desmoronar e que aparentava continuar de pé apenas por não conseguir decidir qual lateral cairia primeiro. A tempestade continuava muito violenta e o patinho não tinha como prosseguir.

Ele sentou junto à cabana e então reparou que a porta não estava totalmente fechada, por causa de uma dobradiça que estava faltando. Portanto, havia na parte de baixo uma abertura estreita, porém larga o suficiente para que ele deslizasse para dentro. Ele fez isso no maior silêncio, e assim conseguiu um abrigo para passar a noite. Nesta cabana, viviam uma mulher, um gato e uma galinha. O gato, a quem a dona chamava de "Meu filhinho", era o favorito; ele conseguia arquear as costas, ronronar e até soltar faíscas, se fosse alisado no sentido contrário ao do pelo. A galinha tinha pernas curtas, então era chamada de Galinha Pernacurta. Ela botava uns ovos ótimos e a dona a amava como se fosse sua filha. Pela manhã, o estranho visitante foi descoberto; o gato começou a miar e a galinha, a cacarejar.

– Mas por que todo este barulho? – a senhora falou, olhando em volta. Mas ela não enxergava mais muito bem; portanto, quando viu o pato grandalhão, pensou que fosse um pato gordo fugido de casa. – Ah, mas que prêmio! – ela exclamou. – Espero que não seja macho, porque assim terei ovos de pata. Vou esperar para ver.

Assim, o pato obteve permissão para ficar por três semanas, em período de teste, mas não houve ovo nenhum.

Bem, o gato era o dono da casa e a galinha, a dona. Eles sempre diziam "Nós e o mundo", pois acreditavam que formavam metade do mundo; a melhor metade, é claro. O pato falou que outros poderiam talvez ter uma opinião diferente sobre o tema, mas a galinha nem deu ouvidos a tais dúvidas.

– Você sabe botar ovos? – ela perguntou.

– Não.

– Então faça a gentileza de fechar o bico.

– Você consegue curvar as costas ou ronronar ou soltar faísca? – quis saber o gato.

– Não.

– Então você não tem direito de expressar sua opinião quando pessoas sensatas estiverem conversando.

Então, o pato ficou sentadinho em um canto, muito desanimado. Porém, quando pela porta aberta entraram a brisa fresca e uns raios de sol, ele começou a sentir tamanha vontade de dar um mergulho que não conseguiu evitar tocar no assunto.

– Que ideia absurda! – disse a galinha. – Você não tem nada pra fazer, por isso fica aí cheio de bobagens. Se soubesse ronronar ou botar ovos, isso passava logo.

– Mas é uma delícia ficar zanzando pra lá e pra cá na água – o pato respondeu. – E é tão refrescante sentir a água cobrir sua cabeça quando você mergulha até o fundo.

– Ah, uma delícia, de fato! Delícia das mais esquisitas, isso sim – a galinha falou. – Ora, você só pode ser doido. Pergunte ao gato, ele é o animal mais inteligente que eu conheço. Pergunte o que ele acharia de ir nadar ou mergulhar; não fique só com a minha opinião. Ou pergunte para a senhora nossa dona; não há ninguém no mundo mais inteligente do que ela. Você acha que ela ia se divertir nadando e deixando que a água se fechasse por cima da cabeça dela?

– Vejo que vocês não me entendem – respondeu o patinho.

– Nós não entendemos você? Eu me pergunto se tem alguém que entende. Você se acha mais esperto do que o gato e a velha senhora? Já nem falo nada de mim mesma. Pare com essa bobagem, meu filho, e agradeça pela boa sorte que teve ao ser acolhido aqui. Afinal, você não está em um lugar quentinho, participando de uma sociedade que tem tanto a lhe ensinar? Mas você é um tagarela e sua companhia não é muito agradável. Acredite em mim, estou falando para o seu bem. Talvez eu lhe diga coisas desagradáveis, mas isso é uma prova da minha amizade. Portanto, eu o aconselho a botar ovos e a aprender a ronronar o mais rápido possível.

– Acho que devo sair para o mundo de novo – o pato disse.

– Pois saia – a galinha respondeu.

Então o patinho foi embora da cabana, e logo encontrou uma porção de água onde podia nadar e mergulhar, mas foi evitado por todos os outros animais por causa de sua feiura.

O outono chegou, e na floresta a folhagem ficou cor de laranja e dourada; depois, quando veio o inverno, as folhas caídas eram apanhadas pela ventania em um rodamoinho de ar gelado. As nuvens, pesadas de granizo e flocos de neve, flutuavam baixas no céu, e o corvo, no meio do junco, crocitava: "Croc, croc". Só de olhar para ele uma pessoa já tremia de frio. Tudo isso deixava o patinho muito triste.

Certa tarde, quando o Sol estava se pondo em meio a nuvens radiantes, saiu do meio dos arbustos um bando enorme de lindos pássaros. O patinho nunca tinha visto nada parecido antes. Eram cisnes; eles curvavam os elegantes pescoços e a plumagem macia brilhava com uma brancura estonteante. Soltaram seu grito particular, abriram as asas gloriosas e saíram voando daquele lugar frio em direção a países mais quentes do outro lado do oceano. Subiram cada vez mais alto. Ao observar o bando, o patinho feio teve uma sensação bem esquisita. Ele rodopiou na água como uma roda, esticou o pescoço na direção dos que tinham partido e soltou um grito tão estranho que até ele mesmo se assustou. O patinho nunca mais iria se esquecer daqueles pássaros tão lindos e tão felizes. Quando eles se afastaram a ponto de desaparecer, o pato mergulhou na água e voltou à superfície tão feliz que estava quase fora de si. Ele não sabia o nome desses pássaros nem para onde tinham voado, mas sentia em relação a eles uma coisa que nunca antes tinha sentido em relação a ave nenhuma.

Ele não sentia inveja daquelas belas criaturas; nunca lhe passou pela cabeça ser adorável como elas. Pobre criatura feia; ele teria ficado satisfeito só de poder viver no meio dos patos, se pelo menos eles o tratassem com educação e lhe dessem algum tipo de apoio.

O inverno se tornava cada vez mais frio, e o pato foi obrigado a ficar nadando na água para evitar que ela congelasse; mesmo assim, a cada noite, o espaço que ele tinha para nadar ficava cada vez menor. Depois, ficou tão frio que o gelo da água rachava quando ele se movia, e o patinho precisava mexer as pernas do melhor jeito que pudesse, para evitar que o espaço onde ele nadava fosse congelado e se fechasse ao redor dele. No fim ele estava tão exausto que não conseguia mais se mexer, e ficou imóvel, indefeso, congelando.

Bem cedo na manhã seguinte, um camponês que ia passando viu a cena e entendeu o que tinha acontecido. Ele quebrou o gelo em pedaços usando o sapato de madeira e levou o pato embora pra casa, para entregar à esposa. O calor fez a pobre criatura voltar à vida; porém, quando as crianças tentaram brincar com ele, o patinho achou que iam machucá-lo e fugiu apavorado: primeiro, voou para dentro da leiteira, espalhando leite para todo lado. Daí, a mulher bateu palmas, e isso o assustou mais ainda: ele entrou no pote de manteiga e depois passou pelo de farinha. Ah, em que estado o patinho ficou! A mulher deu um grito e o atacou com as longas pinças de mexer as brasas; as crianças riam e berravam e tropeçavam umas nas outras na tentativa de apanhá-lo, mas por sorte ele escapou. A porta tinha ficado aberta, e o coitado conseguiu se esgueirar pra fora, chegar aos arbustos e deitar, exausto, sobre a neve recém-caída.

Seria triste demais se eu relatasse aqui todas as necessidades e todos os desconfortos que o coitado do patinho enfrentou durante o inverno rigoroso. Certa manhã, o frio tinha passado, e ele se viu em um brejo em meio aos juncos. Sentiu o calorzinho bom do Sol brilhante, escutou os cantos alegres e viu que tudo a seu redor estava em plena primavera.

Quando o jovem pássaro bateu as asas, percebeu que elas estavam mais fortes, pois subiu bem alto no ar. Elas o mantiveram voando até que, antes que ele entendesse o que estava havendo, chegou a um grande jardim. As macieiras estavam em flor, e os sabugueiros, muito perfumados, curvavam os longos galhos verdes até o riacho que acompanhava uma trilha. Tudo estava muito bonito no frescor daquele início de primavera. De uma vegetação próxima, saíram três lindos cisnes brancos, agitando as asas e nadando suavemente na água tranquila. O patinho viu aqueles pássaros adoráveis e se sentiu mais estranhamente alegre do que em qualquer outro momento antes.

– Eu vou voar até aquelas aves esplêndidas – exclamou –, e eles vão me matar, por eu ser tão feio e mesmo assim ousar me aproximar. Mas não faz mal; é melhor ser morto por eles do que bicado pelos patos, surrado pelas galinhas, empurrado pela menina que dá comida ou morrer de fome no inverno.

Em seguida, ele nadou ao encontro dos lindos cisnes. No instante em que eles viram o estranho, apressaram-se na direção dele com as asas bem abertas.

– Podem me matar – disse o coitado do patinho, baixando a cabeça à espera da morte.

Mas, ao aproximar os olhos da água, o que ele viu? A própria imagem refletida! Não mais um pássaro cinzento, feioso e desagradável de se ver, mas um cisne lindo e majestoso.

Nascer em um ninho de patos, em uma casa de fazenda, não tem nenhuma importância para um pássaro, se ele estiver sendo chocado dentro de um ovo de cisne. Ele agora estava contente por ter passado por tanto sofrimento e dificuldade, pois esses problemas permitiram que aproveitasse muito mais o prazer e a alegria que havia ao redor: os grandes cisnes nadavam em volta do recém-chegado e esfregavam o pescoço dele com o bico em sinal de boas-vindas.

Logo umas criancinhas chegaram ao jardim, e atiraram pão e bolo na água.

– Olha – gritou a mais nova –, este aqui é novo!

Todas as crianças estavam encantadas e correram até os adultos, dançando e batendo palmas e gritando de alegria:

– Tem um cisne novo, um cisne novo chegou.

E jogaram mais pão e mais bolo na água, dizendo:

– O novo é o mais bonito de todos, é tão jovem e tão lindo!

E os cisnes mais velhos se curvaram diante dele. Ele ficou um pouco envergonhado e escondeu a cabeça debaixo da asa, pois não sabia o que fazer; estava tão feliz! Mesmo assim, não se tornou orgulhoso. Ele havia sido perseguido e desprezado por sua feiura, e agora ouvia que era o mais lindo de todos os pássaros. Até o sabugueiro curvou os galhos na água diante dele, e o Sol brilhou com mais força. Ele farfalhou as penas, inclinou o pescoço esguio e gritou com máxima alegria, do fundo do seu coração:

– Nunca imaginei tamanha felicidade como esta, enquanto era o desprezado patinho feio.

O PEQUENO TUK

Pequeno Tuk. Com certeza, um nome bem esquisito! Mas esse não era o verdadeiro nome dele. Seu nome era Carl; porém, quando era tão pequeno que nem conseguia falar direito, chamava a si mesmo de Tuk. É difícil saber por quê, já que não soa parecido com Carl; mas um nome funciona tão bem quanto qualquer outro, se a pessoa só conhece aquele.

O Pequeno Tuk tinha sido deixado em casa para cuidar da irmã, Gustava, que era bem mais nova do que ele; e ainda precisava estudar. Eis duas coisas que tinham de ser feitas ao mesmo tempo, mas que não combinavam muito bem. O pobre menino colocou a irmã no colo e cantou para ela todas as músicas que conhecia, enquanto, a toda hora, dava uma espiada no livro de Geografia que estava aberto ao lado dele. Na manhã seguinte, ele deveria saber de cor o nome de todas as cidades da ilha de Zelândia e falar sobre elas tudo que existisse para ser falado.

Finalmente, sua mãe chegou em casa e pegou Gustava no colo. Mais do que depressa, Tuk correu até a janela e ali leu tanto que quase gastou os olhos, pois estava ficando escuro, e a mãe não tinha dinheiro para comprar velas.

– Lá vai a senhora lavadeira descendo a ladeira – a mãe falou, olhando pela janela. – Ela mal consegue andar, coitada. Seja um bom menino, Tuk; atravesse a rua e vá ajudar a pobre criatura.

O Pequeno Tuk saiu em disparada e a ajudou a carregar o balde. Porém, quando ele voltou à sala, já estava bem escuro. Ninguém mencionou a palavra "vela", e era inútil desejar uma; ele precisava ir deitar e rumou para sua pequena bicama, adaptada de um banco de madeira.

Lá ele ficou deitado, ainda pensando na lição de Geografia, em Zelândia e em tudo o que o professor havia dito. Como não havia luz, ele não tinha como retomar a leitura do livro, que, era o que, na verdade, deveria fazer. Então ele colocou o livro debaixo do travesseiro. Alguém certa vez lhe dissera que isso o ajudaria a lembrar-se da lição maravilhosamente, mas por enquanto ele ainda não tinha conseguido comprovar isso.

Tuk ficou lá deitado pensando e pensando, até que de repente sentiu como se alguém muito delicado estivesse fechando sua boca e seus olhos com um beijo. Ele dormiu, mas não dormiu: parecia que ainda estava vendo o olhar suave e meigo da velha lavadeira sobre si e escutando as palavras que ela havia dito: "De fato, seria uma pena se você não tivesse a lição na ponta da língua amanhã, Pequeno Tuk. Você me ajudou; eu vou ajudar você; e Nosso Senhor vai ajudar nós dois".

De repente, as páginas do livro começaram a se mexer sob a cabeça do Pequeno Tuk, e o menino ouviu alguma coisa rastejando por baixo do seu travesseiro.

– Có, có, có! – fez uma galinha, enquanto avançava na direção dele. Ela era da cidade de Koge e disse: – Sou uma galinha de Koge.

Em seguida, contou a Tuk quantos habitantes viviam na cidadezinha, falou sobre uma batalha acontecida muito tempo antes e como mal valia a pena, hoje, mencionar essa luta, pois agora existiam tantas coisas maravilhosas lá.

Crac, crac! Risque e rabisque! Eis que um grande pássaro de madeira entalhada pousou na cama. Era o alvo em um campo de arco e flecha na cidade de Praesto. Ele havia estimado o número de habitantes de Praesto e descoberto que eram tão numerosos quanto os entalhes em seu corpo. Era um pássaro orgulhoso.

– O escultor Thorvaldsen morava em um lugar de Praesto perto de mim. Eu não sou um pássaro lindo e muito alegre?

Agora, o Pequeno Tuk não estava mais deitado na cama. Subitamente, achou-se sobre um cavalo, e como o animal galopava! Um cavaleiro esplêndido, com um elmo brilhante de plumas tremulantes, ou seja, um cavaleiro dos velhos tempos, o havia posto na garupa de seu cavalo, e juntos eles percorriam a floresta da antiga Vordingborg, agora transformada de novo em uma cidade agitada. Havia música e diversão. O rei Valdemar estava conduzindo as damas da corte para dançar com ele.

De repente, amanheceu: os lampiões ficaram fracos, o Sol raiou, o contorno das construções esmaeceu e, por fim, só restou uma última grande torre a marcar o ponto onde antes ficava o castelo real. A vasta cidade tinha encolhido até virar uma cidadezinha acanhada, de aparência infeliz. Os alunos, saindo da escola com os livros de Geografia sob os braços, disseram: "Dois mil habitantes"; mas aquilo era só uma bravata, pois o lugar não tinha nem perto, disso.

E o Pequeno Tuk estava em sua cama. Ele não sabia se tinha sonhado ou não, mas de novo tinha alguém bem perto, a seu lado.

– Pequeno Tuk, Pequeno Tuk – uma voz chamou; a voz era de um menino, um jovem marinheiro. – Eu vim para lhe trazer cumprimentos de Korsor. Korsor é uma cidade nova, cheia de vida, com barcos a vapor e carruagens que levam a correspondência. Antes, as pessoas a chamavam de pobre e feia, mas ninguém mais diz isso.

– Eu fico à beira-mar – diz a cidade de Korsor. – Tenho estradas largas e jardins de lazer, e também dei à luz um poeta muito inteligente e engraçado, e isso é mais do que os poetas são. Uma vez eu pensei em mandar um navio dar a volta ao mundo, mas depois não mandei, embora pudesse ter mandado. Eu moro muito bem, próximo ao porto, e tenho cheiro de perfume, pois as rosas mais adoráveis florescem ao meu redor, perto dos meus portões.

E o Pequeno Tuk conseguiu sentir o cheiro das rosas e ver as flores e suas folhas verdes e frescas. Mas, um instante depois, tudo havia desaparecido; as folhas verdes cresceram e engrossaram: um bosque perfeito tinha crescido acima das águas resplandecentes da baía, e acima do bosque erguiam-se duas torres altas e pontudas de uma igreja antiga e gloriosa.

Na lateral da colina gramada, a água que saía da fonte tinha as cores do arco-íris e produzia um som alegre e musical; ao lado dela havia um rei com uma coroa de ouro sobre o longo cabelo escuro. Era o rei Rodogário das fontes; perto dali ficava a cidade de Roskilde. Na ampla estrada, caminhavam colina acima todos os reis e todas as rainhas da Dinamarca, todos portando suas coroas de ouro; de mãos dadas, eles entraram na igreja, e a música profunda do órgão se mesclou ao gorgolejar límpido que vinha da fonte. Quase todos os reis e rainhas da Dinamarca estão enterrados nesta bela igreja. E o Pequeno Tuk viu e ouviu tudo isso.

– Não se esqueça das cidades – disse o rei Rodogário.

Depois, todos sumiram; porém, para onde tinham ido, Tuk não sabia. Parecia que eram páginas de um livro sendo viradas.

E agora estava parada diante dele uma velha camponesa de Soro, a pequena e tranquila cidade onde a grama crescia bem no meio do mercado. O avental dela, de linho verde, estava jogado por cima da cabeça e das costas, e estava encharcado como se tivesse caído um temporal.

– E caiu mesmo – ela falou, e depois contou uma porção de coisas extraordinárias sobre as comédias de Holberg, e recitou canções sobre Valdemar e Absalão; pois Holberg tinha fundado uma escola em sua cidade natal.

Sem aviso, ela se encolheu e começou a balançar a cabeça como se fosse uma rã prestes a saltar.

– Coax! – ela gritou. – Soro está molhada, está sempre molhada, e é silenciosa como uma tumba. – Ela havia se transformado em uma rã. – Coax! – e ela virou uma mulher de novo. – Uma pessoa precisa se vestir de acordo com o clima – ela disse.

– Está molhada, molhada! Minha cidade natal parece uma garrafa: pela rolha se entra e pela rolha se deve sair. Nos velhos tempos, nós tínhamos os melhores peixes; agora, temos garotinhos de bochechas rosadas no fundo da garrafa. Lá eles estudam para se tornar sábios: grego e hebreu! Coax!

O som que a camponesa fazia parecia o de rãs coaxando, ou como se alguém estivesse atravessando o grande pântano usando botas bem pesadas. A voz dela era tão monótona, sempre no mesmo tom, que o Pequeno Tuk caiu no sono; e isso foi bem bom para ele.

Mas no sono veio um sonho, ou seja lá qual for o nome disso. Sua irmã Gustava, com os mesmos olhos azuis e cachinhos dourados, tinha crescido, e era agora uma moça alta e bonita que, embora não tivesse asas, podia voar; e lá voaram eles para Zelândia, sobre suas florestas verdejantes e águas claras.

– Escuta! Está ouvindo o galo cantar, Pequeno Tuk? Cocoricó! As aves estão voando de Koge para cá, e você há de ter um sítio com um enorme galinheiro todinho seu! Você nunca mais há de ter fome nem passar necessidade. O ganso de ouro, o pássaro dos bons presságios, há de ser seu; você há de se tornar um homem rico e feliz. Sua casa será imponente como as torres do rei Valdemar, e ela será lindamente decorada com estátuas como as de Thorvaldsen em Praesto. Mas me entenda bem: seu bom nome deve ser construído ao redor do mundo todo, como o navio que ia partir de Korsor; em Roskilde, você há de falar e aconselhar com sabedoria, Pequeno Tuk, como o rei Rodogário; e quando, por fim, seu corpo estiver acomodado em uma sepultura serena, você há de dormir tão tranquilamente como...

– Como se eu estivesse dormindo em Soro – respondeu Tuk, e acordou.

Era uma manhã iluminada, e ele não conseguiu se lembrar do sonho, mas nem precisava. Uma pessoa não precisa conhecer o que vai viver para ver.

Então ele rapidamente saiu da cama e retirou o livro de sob o travesseiro. Leu mais uma vez a lição e sentiu que conhecia as cidades perfeitamente bem.

A velha lavadeira passou a cabeça pela porta e falou, em um tom muito amigável:

– Obrigada, minha boa criança, pela ajuda de ontem. Que o Senhor torne realidade seus mais lindos e inspirados sonhos! Eu sei que Ele fará isso.

O Pequeno Tuk pode ter esquecido o que sonhou, mas isso não tem a menor importância. Lá em cima há Alguém que sabe tudo.

O PORCO DE METAL

Na cidade de Florença, não muito longe da Piazza del Granduca, fica a pequena Via Porta Rossa, que significa Rua Porta Vermelha. Nela, bem em frente ao mercado de legumes e verduras, há um porco feito de latão que tem uma aparência muito curiosa. Com o passar do tempo, sua cor ficou verde-escura, porém, água fresca e limpa sai do focinho, que brilha como se tivesse sido polido; bem, de fato, o focinho é polido, pois centenas de adultos e crianças pobres põem a mão nele quando aproximam a boca para beber a água. É uma imagem e tanto ver um menino seminu abraçar a criatura pela cabeça enquanto seus lábios rosados tocam as mandíbulas do Porco de Metal. Quem visita Florença consegue encontrar esse local bem depressa; basta perguntar a qualquer mendigo onde fica o Porco de Metal e recebe a informação.

Era inverno e já tarde da noite. As montanhas estavam cobertas de neve, mas a Lua brilhava, e na Itália o luar é tão claro quanto o dia no inverno dos países do Norte. De fato é até melhor, porque o ar limpo parece nos elevar acima do solo, enquanto, no Norte, um céu frio, cinzento e pesado parece nos pressionar contra a terra do mesmo jeito como, um dia, a terra fria e úmida vai pressionar nossos caixões.

No jardim do palácio do grão-duque, sob o telhado de uma das alas, onde mil rosas desabrocham no inverno, um menininho vestido de trapos ficou sentado o dia inteiro. O menino era um italiano típico:

adorável e sorridente, apesar de estar sofrendo. Ele estava com fome e sede, mas ninguém lhe deu nada; e quando escureceu e o jardim ia fechar, o porteiro o enxotou. Por bastante tempo ele ficou na ponte que cruza o rio Arno, meditando e observando as estrelas cintilantes, que se refletiam na água que corria entre ele e a maravilhosa ponte de mármore chamada Della Trinità. Depois ele andou em direção ao Porco de Metal, agachou, envolveu-o com os braços e, pondo a boca junto ao focinho reluzente, bebeu goles enormes da água fresca. Ali perto, encontrou no chão umas folhas de salada e duas castanhas, e aquilo seria seu jantar. Não havia mais ninguém por perto. A rua era todinha sua. Então ele se encheu de coragem: subiu nas costas do porco e se inclinou de modo a apoiar a cabeça de cabelos cacheados na cabeça do animal e, sem perceber, adormeceu.

Deu meia-noite. O Porco de Metal se ergueu delicadamente, e o menino o ouviu dizer, bem claramente:

– Segura firme, garoto, porque vou correr.

E lá foi ele, partindo em disparada para um passeio maravilhoso. Primeiro foram até a Piazza del Granduca, e o cavalo de bronze que sustenta a estátua do duque relinchou bem alto. O brasão de armas pintado na fachada da velha prefeitura brilhava como se fosse transparente, e a estátua "David", de Michelangelo, balançava a tira de couro de lançar pedras. Era como se tudo tivesse vida. As figuras metálicas, entre elas "Perseu" e "O rapto das Sabinas", pareciam pessoas vivas, e seus gritos enchiam a nobre praça. Perto do Palazzo degli Uffizi, na arcada onde a nobreza se reunia para o carnaval, o Porco de Metal parou.

– Segure firme – ele disse. – Segure bem firme, porque agora vou subir as escadas.

O menino não deu um pio. Ele estava se divertindo, mas também com medo. Entraram em uma galeria comprida, onde ele já tinha estado antes. As paredes resplandeciam com a beleza das pinturas e aqui e ali havia estátuas e bustos, tudo sob uma claridade forte como a luz do dia. A visão mais grandiosa apareceu quando se abriu a porta de uma sala lateral. O menininho se lembrava bem do que tinha visto ali antes, mas nesta noite as coisas brilhavam como nunca. Lá estava a figura de uma bela mulher, tão radiante como natureza quanto como arte de um grande mestre. Seus braços e pernas graciosos pareciam se mover; golfinhos saltavam junto a seus pés e a imortalidade emanava de seus olhos. O mundo a chamava de "Vênus de Médici". Ao lado dela havia estátuas de pedra nas quais o espírito da vida tinha sido soprado: figuras de homens, um dos quais amolando a espada e chamado "O amolador"; combatentes gladiadores, para quem a espada estava sendo afiada, e que lutavam em nome da deusa da beleza. As paredes cintilavam com cores vibrantes e o menino ficou deslumbrado com todo aquele brilho. Em tudo havia vida e movimento.

Conforme eles iam de salão em salão, a beleza se mostrava em tudo o que viam; o Porco de Metal avançava passo a passo de um quadro ao seguinte, e o menino conseguia enxergar tudo com nitidez. Uma maravilha eclipsava a outra; entretanto, havia uma pintura gravada de modo especial na lembrança dele, por causa das crianças felizes que eram retratadas, e que o menino tinha visto à luz do dia. Muita gente passa por este quadro com indiferença, mas ele contém um tesouro de sentimento poético: representa Cristo descendo ao Inferno. O que se vê não é a alma dos perdidos, mas os pagãos dos tempos antigos.

Quem fez este quadro foi o pintor florentino Angiolo Bronzino. Maravilhosa é a expressão no rosto das duas crianças, que demonstram ter total confiança de que, finalmente, chegarão ao céu. Elas estão se abraçando e a menor estica a mão na direção de outra, abaixo delas, e aponta para si mesma como quem diz: "Eu vou para o paraíso". Os adultos não estão tão seguros, mas parecem esperançosos, e se curvam em humilde adoração ao Senhor Jesus. Neste quadro os olhos do menino se fixaram por mais tempo do que em qualquer outro, e o Porco de Metal ficou parado na frente dele. Ouviu-se um suspiro baixo. Teria saído do quadro ou do animal? O menino ergueu as mãos na direção das crianças sorridentes, e daí o porco saiu correndo e cruzou o saguão.

– Obrigado, muito obrigado, lindo animal – o menininho disse, fazendo um carinho no Porco de Metal, que corria escadas abaixo.

– Eu também agradeço – o Porco de Metal respondeu. – Eu ajudei você e você me ajudou, pois é só quando tenho uma criança inocente nas costas que ganho o poder de andar. Você vê, posso até me aventurar sob os raios do lampião em frente ao quadro da Madonna, mas não devo entrar na igreja. Mesmo assim, de fora, e enquanto você está nas minhas costas, posso olhar para ele através da porta aberta. Não desça ainda, porque, se você descer, eu ficarei sem vida, imóvel como você me viu, durante o dia, na Porta Rossa.

– Vou ficar com você, meu amigo querido – respondeu o menino.

Em passo acelerado, eles seguiram pelas ruas de Florença até chegar a uma praça em frente à Basílica de Santa Cruz. As portas articuladas estavam abertas, e do altar partiam raios de luz que atravessavam a igreja e iluminavam a praça deserta. Um clarão esplêndido saía de um dos monumentos do corredor esquerdo, e mil estrelas em movimento formavam um halo ao redor dele. Até o brasão de armas na lápide brilhava, e uma escada vermelha em um campo azul reluziam como fogo. Era a sepultura de Galileu. O monumento não tem enfeites, mas a escada vermelha é um emblema da arte, significa que o caminho para a glória passa por uma escada brilhante, pela qual os grandes profetas sobem aos céus, como o Elias de antigamente. No corredor direito da igreja, todas as figuras ricamente entalhadas nos sarcófagos pareciam ter vida. Ali está Michelangelo, lá fica Dante com sua coroa de louros na altura da sobrancelha, adiante estão Vittorio Alfieri e Maquiavel, pois neste lugar, lado a lado, repousam grandes homens, orgulho da Itália.

A igreja em si também é muito bonita, até mais bonita do que a catedral de mármore de Florença, embora não tão grande quanto ela. Parecia que as roupas esculpidas tinham movimento e que as figuras de mármore que elas cobriam tentavam levantar mais a cabeça, para olhar para o altar resplandecente de cor e brilho, onde meninos usando túnicas brancas balançavam os incensários em meio a cantos e música. O mininho esticou a mão na direção da luz e, na mesma hora, o Porco de Metal partiu de novo, e tão depressa que ele foi obrigado a se agarrar com força. O vento assobiava em suas orelhas. Ele ouviu a porta da igreja ranger quando se fechou e teve a impressão de perder os sentidos; em seguida, sentiu um arrepio e acordou.

Era de manhã. O Porco de Metal estava em seu velho posto na Porta Rossa, e o menino viu que quase tinha escorregado das costas dele para o chão. Ao pensar na mãe, sentiu medo e teve tremores. No dia anterior, ela o havia mandado para as ruas tentar conseguir algum dinheiro, ele não tinha obtido nada, e agora estava com fome e sede. Mais uma vez, abraçou o pescoço de metal do companheiro, beijou-lhe o focinho e se despediu com um aceno. Em seguida, ele se afastou rumo a uma viela estreitíssima, onde mal havia espaço para passar um burro de carga. Um pouco além ficava uma grande porta reforçada com chapas de ferro; depois de passar por ela, ele subiu uma escada de tijolos que passava entre duas paredes sujas e tinha uma simples corda em lugar do corrimão. Chegou a uma sacada onde estavam pendurados trapos e farrapos. Deste ponto, um lance de degraus descia para um pátio onde havia uma fonte; a água chegava aos vários andares da casa por um sistema de roldanas e baldes de ferro. Muitos desses baldes de água ficavam pendurados lado a lado. Algumas vezes, os baldes ficavam suspensos no meio do caminho, dançavam no ar e molhavam o pátio todo. Outra escada em péssimas condições saía da sacada, e dois marinheiros russos passando ali quase esmagaram o pobre menino. Eles estavam voltando da farra noturna. Uma mulher não muito jovem, com um rosto desagradável onde nasciam uns pelos pretos, vinha atrás dos grandalhões.

– O que você trouxe para casa hoje? – ela perguntou, quando viu o menino.

– Não fique brava – ele pediu. – Não me deram nada, não tenho nada – ele puxou o vestido da mãe, pronto a beijar o tecido.

Em seguida eles entraram em um quarto bem pequeno. Nem preciso descrevê-lo; basta dizer que lá havia um cântaro, que é um tipo de vaso com alças dentro do qual se acende fogo e que na Itália eles chamam de *marito*. Esse cântaro, a mulher pousou no colo para aquecer os dedos e empurrou o menino para longe com o cotovelo.

– Claro que você tem algum dinheiro – ela falou, e o menino começou a chorar, e ela bateu nele até ele gritar. – Cale a boca ou eu vou rachar a sua cabeça.

A mulher balançou o cântaro no ar, e o menino se encolheu no chão aos berros. Foi quando entrou uma vizinha, também com um *marito* debaixo do braço.

– Felicita, o que você está fazendo com o menino?

– O menino é filho meu – ela respondeu. – Posso até matar, se eu quiser, e matar você também, Giannina.

Ela chacoalhou o cântaro de novo. A vizinha ergueu o dela também, para se proteger, e os dois se chocaram com violência e se partiram em pedaços, e chamas e cinzas voaram pelo quartinho.

O menino fugiu e sumiu das vistas; cruzou o pátio e voou pra fora da casa. A pobre criança correu até ficar sem fôlego. Por fim, parou na frente da igreja que o havia acolhido na noite anterior e entrou. Aqui tudo era brilhante, e ele se ajoelhou junto à lápide à direita, que era a sepultura de Michelangelo, e chorou como se seu coração fosse se partir como os cântaros. Pessoas entravam e saíam, a missa estava em andamento, mas ninguém reparou nele, a não ser um senhor idoso, que ficou parado observando por um instante, e depois seguiu seu caminho como todos os outros. A fome e a sede haviam tomado conta do menino; ele se sentia muito fraco e prestes a desmaiar. Por fim, se arrastou para trás dos monumentos de mármore e se deitou para dormir. Ao entardecer, foi despertado por um puxão na manga. Diante dele estava o mesmo senhor idoso de mais cedo.

– Você está doente? Onde você mora? Ficou aqui o dia todo?

Foram algumas das perguntas feitas pelo homem. Após ouvir as respostas, ele levou o menino para uma casinha em uma ruela próxima. Entraram na oficina de um artesão que fazia luvas, onde uma senhora estava sentada costurando, muito ocupada. Uma cachorrinha poodle branca, com o pelo tosado tão curto que a pele rosada era perfeitamente visível, fez muita festa para o menino, rodopiando e dando pulos.

– As almas inocentes logo fazem amizade – a senhora comentou, fazendo carinho na criança e na cachorrinha.

Este bondoso casal deu ao menino comida e algo para beber, disseram que ele passaria a noite com eles e que no dia seguinte o senhor, que se chamava Giuseppe, iria conversar com a mãe dele.

Arranjaram-lhe uma cama pequena e modesta, porém, para quem tantas vezes tinha dormido sobre pedras duras e frias, aquilo era um dossel real, e ele dormiu docemente e sonhou com quadros esplêndidos e com o Porco de Metal. Giuseppe saiu na manhã seguinte e o pobre menino não ficou nada feliz ao vê-lo partir, sabendo que o senhor ia conversar com sua mãe e que ele, talvez, fosse obrigado a voltar para casa. Esse pensamento o fez chorar. Depois, ele brincou com a alegre cachorrinha, beijando-a e abraçando-a. A velha senhora olhava para ele com doçura e sorria.

Que notícias Giuseppe trouxe? No começo o menino não conseguiu descobrir, pois o senhor ficou conversando com a esposa, que concordava com a cabeça. Depois ela deu um tapinha carinhoso na bochecha da criança e falou:

– Ele é um bom garoto, fica conosco. Talvez vire um artesão de luvas habilidoso, como você. Olha que dedos jeitosos ele tem. A própria Madonna imaginava que ele fabricaria luvas.

Então o menino ficou com eles e a senhora pessoalmente o ensinou a costurar. Ele comia e dormia bem, e acabou se tornando muito alegre. Mas um dia começou a provocar Bellissima, que era o nome da poodle. Isso deixou a senhora muito zangada; ela deu uma bronca no menino e o ameaçou, e isso o deixou tão infeliz que ele foi se sentar no quarto sozinho, cheio de pensamentos tristes. O quarto dava vista para a rua; a janela tinha barras de ferro grossas, e delas pendiam diversos pedaços de couro, que precisavam estar bem secos antes de ser transformados em luvas. Naquela noite o menino não conseguiu dormir, pensando no Porco de Metal. Na verdade, o companheiro estava sempre em seus pensamentos. De repente, teve a impressão de ouvir passos lá fora. Ele pulou da cama e foi até a janela. Será que era o Porco de Metal? Mas não havia nada para se ver. O que quer que tivesse passado, já tinha mesmo passado.

– Vá ajudar o cavalheiro a carregar a caixa de tintas – disse a senhora na manhã seguinte, quando o vizinho deles, que era artista, passou carregando uma caixa de pintura e um grande rolo de tela.

O menino instantaneamente pegou a caixa e seguiu o pintor. Eles caminharam até chegar à galeria de quadros e tomaram a mesma escada que ele havia subido naquela noite com o Porco de Metal. O menino se lembrava de todas as pinturas e estátuas, em especial da Vênus de mármore, e mais uma vez ele observou a Madonna com o Salvador e São João. Eles pararam na frente do quadro de Il Bronzino, no qual Cristo é representado de pé no mundo inferior, com as crianças sorrindo para Ele na doce expectativa de entrar no céu. O pobre menino sorriu também, pois ali era o céu para ele.

– Agora você já pode voltar – falou o pintor, enquanto o menino o observava montar o cavalete.

– Por favor, posso ficar vendo o senhor pintar? Posso ver o senhor fazer um quadro na tela branca?

– Eu não vou pintar – o artista respondeu, pegando um pedaço de giz.

A mão dele se mexia depressa e seus olhos avaliavam o grande quadro, e, apesar de não haver nada ali a não ser uma linha bastante discreta, a figura do Salvador se tornou tão clara quanto no grande quadro colorido.

– Por que você não vai embora? – o pintor perguntou.

O menino vagou em silêncio para casa, sentou-se à mesa e aprendeu a costurar luvas. Mas durante todo o dia seus pensamentos ficaram na galeria, e por isso ele se espetou e as luvas ficaram estranhas. Ele não provocou Bellissima. Quando a noite chegou, a porta de casa tinha ficado aberta; ele deslizou para fora. Era uma noite linda, brilhante e cheia de estrelas, mas um pouco fria. Ele caminhou pelas ruas já desertas e logo chegou ao Porco de Metal; abaixou-se, beijou o focinho polido e montou nas costas dele.

– Meu querido, como senti saudades de você! Vamos dar um passeio esta noite.

Mas o Porco de Metal não moveu um músculo; água vertia de sua boca. Montado na estátua, ele sentiu alguma coisa puxando-lhe as roupas. Olhou para baixo e lá estava Bellissima, a pequena, tosada e macia Bellissima, latindo como se dissesse: "Oi, eu também vim; por que você está sentado aí?".

Um dragão soltando fogo pelas ventas não teria assustado o menino tanto quanto ele se assustou ao ver a cachorrinha naquele lugar. Bellissima nas ruas e sem "roupa", como a senhora dizia. Como aquela história iria terminar? A cachorrinha nunca saía de casa no inverno, a menos que estivesse usando um casaco de pele de cordeiro que o casal tinha feito para ela. Ele era amarrado em volta do pescoço e do corpo com fitas vermelhas, e decorado com rosas e sinos. A cachorrinha parecia uma criança quando tinha permissão para sair de casa e andava atrás da dona. Agora, ali estava ela no frio, e sem roupa. Ah, qual seria o fim daquilo? As fantasias do menino para aquela noite desapareceram por completo; ele deu mais um beijo no Porco de Metal e tomou Bellissima nos braços. A coitadinha tremia tanto de frio que o menino correu para casa o mais rápido que pôde.

– Ei, com o que é que você está fugindo aí? – perguntaram dois policiais que ele encontrou e para quem Bellissima latiu. – Onde você roubou esse cachorrinho lindo? – eles perguntaram, e a tomaram dele.

– Ah, eu não roubei. Devolva pra mim, por favor – o menino pediu, em desespero.

– Se você não roubou, pode dizer em casa que venham buscar no canil – então disseram a ele o endereço e partiram levando Bellissima.

Ele estava enrascado. Não sabia se era melhor pular no rio Arno ou ir para casa e confessar tudo; achava que o casal ia matá-lo.

"Bem, eu até que gostaria de ser morto", ele pensou. "Pois assim eu iria para o céu." Então, voltou para casa, quase torcendo pela morte.

A porta estava trancada e ele não alcançava o trinco. Não havia ninguém na rua, então ele apanhou uma pedra e atirou contra a porta, provocando um barulhão.

– Quem está aí? – perguntou uma voz vindo de dentro.

– Eu – o menino falou. – A Bellissima fugiu. Abra a porta e depois pode me matar.

Houve, de fato, o maior alvoroço, pois a senhora amava a cachorrinha. Ela olhou para o canto da parede onde o casaquinho costumava ficar, e lá estava a pele de cordeiro.

– Bellissima no canil! – ela gritou. – Seu moleque malvado! Como você a atraiu para fora? Coitadinha, tão delicada e frágil, com aqueles policiais brutamontes! Ela vai congelar!

Giuseppe partiu de imediato, enquanto a esposa lamentava e o menino chorava. Muitos vizinhos vieram ver o que estava acontecendo, e entre eles o pintor. Ele pôs o menino sentado a seu lado e o interrogou. Logo ouviu a história completa, contada em frases entrecortadas, e também sobre o Porco de Metal e o maravilhoso passeio pela galeria, o que certamente soou incompreensível. O pintor, porém, consolou o menino e tentou suavizar a raiva da mulher, mas ela só se acalmou quando o marido voltou da polícia com Bellissima. Daí houve uma grande alegria; o pintor deu ao menino uma porção de desenhos.

Ah, os desenhos eram maravilhosos, figuras com cabeças engraçadas! E o melhor de tudo era que o Porco de Metal também estava lá. Nada poderia ser melhor. Com meia dúzia de linhas havia surgido no papel, e até a casa que fica atrás dele tinha sido desenhada. Ah, se ele soubesse desenhar. Quem tem esse talento consegue materializar o mundo inteiro bem diante de seus olhos. No primeiro minuto de lazer que o menino teve no dia seguinte, ele pegou um lápis e, no verso de um dos desenhos, tentou copiar o esboço do Porco de Metal, e conseguiu. Com certeza tinha ficado um pouco torto; uma pata era grossa e a outra era fina, mas mesmo assim era parecido, e o menino ficou felicíssimo com o que tinha feito. Ele achou que o lápis não deslizava com a suavidade esperada, mas no dia seguinte houve uma nova tentativa. Um segundo porco foi desenhado ao lado do primeiro e ficou cem vezes melhor. Uma terceira tentativa ficou tão boa que todo mundo entendeu o que o desenho representava.

A fabricação de luvas progredia lentamente. As encomendas feitas pelos comerciantes da cidade não ficavam prontas rápido, pois o Porco de Metal tinha ensinado ao menino que todos os objetos podem ser desenhados no papel, e a cidade de Florença é em si mesma um livro de figuras para qualquer um que se disponha a virar suas páginas. Na Piazza della Trinità fica um pilar bem alto, e no topo dele está a deusa da justiça, com vendas, segurando os pratos da balança. Logo ela estava representada no papel, e tinha sido colocada ali pelo aprendiz de artesão. A coleção de desenhos crescia cada vez mais, mas por enquanto eram apenas cópias de pequenos objetos sem vida, até que Bellissima apareceu na frente do menino dando pulos e cambalhotas.

– Fique parada – ele pediu. – Vou fazer um desenho lindo de você para a minha coleção.

Mas Bellissima não parava quieta, então precisava ser amarrada em uma posição. O menino prendeu a cabeça e o rabo dela, mas ela latiu e pulou e puxou e apertou a corda a tal ponto que quase se estrangulou. E nessa hora a senhora entrou na sala.

– Desgraçado! Coitada da cachorrinha! – ela disse, berrando.

Ela empurrou o menino, expulsou-o aos chutes, xingou de ingrato, inútil e perverso, e o proibiu de tornar a entrar naquela casa. Depois começou a chorar, enquanto beijava a meio enforcada Bellissima. Neste momento o pintor entrou, e aqui está a virada da história.

No ano de 1834 ocorreu em Florença uma exposição na Academia de Artes. Dois quadros, pendurados lado a lado, atraíram a atenção. O menor dos dois representava um menininho sentado à mesa desenhando. Diante dele estava um pequeno poodle branco, tosado de um jeito estranho, e como o animal não parava quieto, a cabeça e o rabo tinham sido presos com uma corda, para manter a posição. Todos se interessaram pela veracidade e pela vida deste quadro. Dizia-se que o pintor era um jovem florentino encontrado nas ruas quando criança, resgatado e educado por um velho artesão que fabricava luvas. O rapaz teria aprendido sozinho a desenhar. Também se dizia que um jovem artista, agora famoso, tinha descoberto o talento do menino quando ele estava prestes a ser expulso de casa por ter amarrado o querido cachorrinho da senhora para usar como modelo.

Conforme o quadro provava, o menino artesão havia se tornado um grande pintor; mas o quadro maior ao lado do primeiro dava ainda mais provas de seu talento. Representava um belo menino adormecido, vestindo roupas esfarrapadas e se apoiando no Porco de Metal, na rua Porta Rossa. Todos os visitantes da exposição conheciam muito bem aquele lugar. Os braços da criança estavam em volta do pescoço do porco, e ele dormia profundamente. A lamparina diante do quadro da Madonna lançava uma luz forte no rosto pálido e delicado da criança. Era um quadro lindo. A pintura estava enquadrada por uma moldura dourada e em um dos cantos da moldura uma coroa de louros havia sido pendurada. Porém, uma faixa preta tinha sido entrelaçada nas folhas de louro, de um modo invisível, e uma fita estava pendurada no arranjo, pois poucos dias antes da exibição o jovem artista havia morrido.

O QUE ACONTECEU AO CARDO

Ao redor de uma mansão nobre e bastante antiga havia um jardim muito bem cuidado, cheio de todos os tipos de árvores raras e flores. As visitas sempre expressavam encantamento e admiração diante da visão daquelas maravilhas. Pessoas de perto e de longe costumavam ir lá aos domingos e feriados e pedir permissão para ver. Até mesmo escolas promoviam excursões, com o único objetivo de se deslumbrar com tamanha beleza.

Perto da cerca que separava o jardim do campo aberto, havia um cardo imenso. Era um cardo de tamanho e elegância incomuns, com diversos galhos crescendo logo acima da raiz e formando um conjunto tão forte e cheio que justificava bem o nome de "arbusto".

Ninguém nunca tinha reparado nele, a não ser o velho asno que puxava a carroça de leite para as leiteiras. Quando passava pelo campo, o asno olhava fixamente para o cardo, esticava o pescoço ao máximo para tentar alcançar e dizia:

– Como você é apetitoso. Bem que eu gostaria de comer suas flores!

Mas a corda era curta demais para que ele chegasse à planta, então não comia as flores.

Chegaram convidados à mansão, parentes elegantes e nobres da cidade grande e, entre eles, uma jovem dama que tinha vindo de bem longe: da Escócia. Ela pertencia a uma família muito antiga e rica tanto em terras quanto em ouro; uma noiva que bem valia a pena conquistar, pensavam os rapazes, e também as mães deles!

Os jovens se divertiam no gramado conversando, jogando croqué, passeando por entre as flores; cada moça recolhia uma flor para decorar o casaco de um dos rapazes, enfiando o caule na casa do botão.

A jovem escocesa olhou em volta procurando uma flor, mas parecia que nenhuma a agradava, até que por acaso ela olhou por sobre a cerca e viu o arbusto de cardo: lindo, grande, cheio de flores vermelho-azuladas e aparência robusta. Ela sorriu ao vê-lo e pediu ao filho do dono da casa que apanhasse uma flor.

– É a flor da Escócia – ela contou. – Está presente no nosso brasão de armas. Pegue uma pra mim, por favor.

Ele colheu a mais bonita das flores de cardo, apesar de espetar os dedos tanto quanto se estivesse colhendo uma rosa selvagem no meio dos espinhos.

Ela recebeu a flor e a colocou no casaco dele, na casa do botão, e ele se sentiu muito honrado. Qualquer um dos outros rapazes teria de bom grado aberto mão da flor recebida, por mais bonita que fosse, se pudesse trocá-la por uma entregue pelas delicadas mãos da moça escocesa. O filho do anfitrião sentiu intensamente a honra recebida; a flor do cardo sentiu intensamente a honra de ser a flor dada.

– Ora, ora, parece que sou mais importante do que eu mesmo pensava – o cardo disse a si mesmo. – Por direito, eu deveria estar do lado de dentro da cerca, e não para fora dela. Às vezes, somos colocados em lugares estranhos neste mundo, mas ao menos agora uma das minhas flores está no lugar devido, e não apenas do lado certo da cerca, mas em uma casa de botão!

Para cada um dos botões que desabrochava, o cardo contava este grande acontecimento. Poucos dias haviam se passado quando ele ouviu uma notícia assombrosa. Não a escutou das pessoas que passavam, nem do canto dos passarinhos, mas do próprio ar, que espalha para longe e em todas as direções os sons que capta nos passeios sombreados dos belos jardins e nos mais secretos quartos das casas, quando portas e janelas são deixadas abertas: ouviu que o rapaz que tinha recebido a flor do cardo das mãos da senhorita escocesa havia recebido também o coração dela e a mão em casamento.

– Isso é mérito meu! – o cardo disse, pensando na flor que tinha cedido para a casa do botão; e repetia esta história maravilhosa para todo botão que desabrochava.

"Com certeza, agora, vou ser levado para dentro e plantado no jardim", ele pensava. "Talvez eu seja posto em um vaso, pois esta é de longe a posição de maior honra."

O cardo passou tanto tempo pensando assim que acabou dizendo a si mesmo, convencido de que era verdade:

– Serei plantado em um vaso!

Para todo botão que desabrochava, o cardo prometia que ele seria plantado em um vaso e, talvez, colocado em uma casa de botão, sendo esta a mais elevada posição a que alguém poderia aspirar. Mas nenhum botão foi parar em um vaso, muito menos na casa de botão do casaco de algum rapaz.

O cardo se alimentava de luz e de ar, bebia raios de sol durante o dia e orvalho à noite. Era visitado por abelhas e vespas, que vinham procurar mel nas flores, levavam o mel e deixavam a flor.

– Ah, bando de ladras inúteis – reclamava o arbusto. – Se eu pudesse, daria boas ferroadas nelas.

As flores murchavam e morriam, mas novas surgiam sempre.

– Vocês chegaram bem na hora – o arbusto dizia aos botões. – Estou esperando a qualquer momento ser transferido para o lado de lá da cerca.

Algumas margaridas inofensivas e uma grande folha de capim-amarelo escutavam tudo isso com o mais profundo respeito, acreditando em tudo o que ouviam. O velho asno, que puxava a carroça do leite, lançava olhares gulosos na direção do cardo florido e tentava alcançá-lo, mas a corda era curta demais. O arbusto de cardo, enquanto isso, seguia pensando nos cardos escoceses, que acreditava serem seus parentes; ele pensou tanto e por tanto tempo que acabou acreditando que tinha mesmo vindo da Escócia, e que eram seu pai e sua mãe que apareciam no brasão de armas escocês.

Era um pensamento grandioso, mas um cardo grande pode bem ter pensamentos grandes.

– De vez em quando acontece de uma criatura ser nobre mesmo sem saber que é – comentou uma urtiga que crescia ali perto, pensando que ela própria, se recebesse o tratamento adequado, poderia ser transformada na mais elegante musselina.

O verão passou, o outono passou, as folhas caíram das árvores, as flores chegaram com cores mais vivas e menos perfume. O rapaz que cuidava do jardim cantava, do lado de lá da cerca:

> *Montanha acima, montanha abaixo*
> *Assim segue o mundo no mesmo passo.*

Os jovens pinheiros começaram a ansiar pelo Natal, embora a data ainda estivesse bem longe.

– E eu continuo aqui – o cardo lamentou. – Parece que fui esquecido, apesar de ter sido graças a mim que o par romântico se formou. Eles ficaram noivos e agora estão casados, a cerimônia foi uma semana atrás. E eu não avancei nem um passo, pois não tenho como.

Passaram-se algumas semanas. O cardo deu sua última e solitária flor, que era grande e cheia e nasceu perto da raiz. O vento gelado soprou nela com força, as cores desbotaram e todo o viço desapareceu; só restou a coroa, que cresceu tanto que chegou ao tamanho de uma alcachofra e brilhava como um girassol prateado.

O jovem casal, agora marido e mulher, foi passear no jardim; e quando passou perto da cerca, a esposa, olhando por cima dela, comentou:

– Olha, o grande cardo ainda está lá. Mas agora não tem flores.

– Tem sim – respondeu o marido, apontando para os restos da última flor. – Ali perto da raiz ainda tem o fantasma de uma.

– Ah, como é linda – ela disse. – Vamos pegar e prender na moldura do nosso retrato.

E mais uma vez o rapaz precisou pular a cerca, para colher a prateada flor de cardo. Ela o espetou, porque ele a tinha chamado de "fantasma". A flor foi levada para dentro do jardim, depois para dentro da mansão e, por fim, para o estúdio de desenho, onde havia um quadro muito grande; o retrato mostrava o casal, e na casa do botão do casaco do noivo uma flor de cardo estava pintada. Eles conversaram sobre a flor do retrato e sobre esta última, prateada, que tinham acabado de colher, e que seria presa na moldura.

O ar pegou todas as palavras da conversa e as espalhou até muito longe.

– Cada coisa estranha que acontece – o arbusto de cardo comentou. – Minha primeira flor foi viver em uma casa de botão, minha última vai morar em uma moldura. E comigo, o que será que vai acontecer?

O velho asno, parado na estrada, lançava olhares de gula e dizia:

– Venha até aqui, cardozinho, porque eu não tenho como ir até você; a corda é curta demais.

Mas o arbusto nem respondia. Ele foi se tornando cada vez mais pensativo, e seus pensamentos viajaram para o futuro até chegarem ao Natal; seus pensamentos em botão desabrocharam em flores.

– Quando os filhos estão protegidos, uma mãe não se importa de ficar para fora da cerca.

– Isso é verdade – respondeu o Sol. – E você vai encontrar um bom lugar, não tenha medo.

– Em um vaso ou em uma moldura? – o cardo quis saber.

– Em uma história – respondeu o Sol. E a história é esta!

O QUE UM MARIDO FAZ ESTÁ SEMPRE CERTO

Vou contar a vocês uma história que me contaram quando eu era um menino bem pequeno. Cada vez que penso nela, me parece mais encantadora, pois com as histórias acontece o mesmo que com as pessoas: melhoram com a idade.

Não tenho dúvida de que vocês já estiveram na zona rural e que viram uma velha casa de fazenda, com telhado de sapê e musgo e plantinhas crescendo em cima dele. No ponto mais protegido do telhado há um ninho de cegonhas, pois não podemos abrir mão de uma cegonha na história. As paredes da casa são tortas, as janelas são todas baixas, e apenas uma delas abre. O forno se sobressai na parede como uma grande maçaneta. Uma velha árvore pende sobre a cerca e sob seus galhos, junto à cerca, há um lago no qual alguns patos brincam. Há também um cão, e ele late para todo mundo que se aproxima.

Uma casa bem assim ficava em uma estrada rural, e nela vivia um casal de idade, um camponês e sua esposa. Eles tinham bem poucas posses, e de uma delas não podiam abrir mão: o cavalo. Ele precisava se contentar em comer a grama que conseguisse encontrar na beira da estrada. O velho camponês ia para a cidade montado nesse cavalo, e os vizinhos com frequência pediam o animal emprestado e pagavam prestando algum tipo de serviço para o casal. Certo dia, esses idosos acharam por bem vender o cavalo ou trocá-lo por alguma coisa que lhes fosse mais útil. Mas que *coisa* seria essa?

– Você que sabe, meu velho – a esposa falou. – Hoje é dia de feira; vá até a cidade e livre-se do cavalo em troca de dinheiro ou de alguma coisa boa. O que você fizer estará bom pra mim. Vai, vai pra feira.

Ela arrumou o lenço no pescoço do marido, pois conseguia fazer isso melhor do que ele, além de saber dar um laço duplo. Com a palma da mão, a esposa espanou, alisou e arredondou o chapéu, e depois se despediu do esposo com um beijo. Ele montou no cavalo que deveria ser vendido ou trocado por algo. O pai de família já tinha em mente o que iria fazer. O Sol brilhava forte, fazia muito calor e não havia uma só nuvem no céu. A estrada estava bem poeirenta, pois várias pessoas, todas a caminho da feira, tinham passado por ali a pé, montadas ou dirigindo. Não havia onde se proteger do sol. No meio da multidão, um homem andava com dificuldade; ele estava levando uma vaca para a feira. Ela era linda, como as vacas costumam ser.

"Com certeza dá um bom leite", pensou o camponês. "Isto seria uma ótima troca: a vaca pelo cavalo."

– Ei! O senhor aí! – ele chamou. – Vou lhe dizer uma coisa, acho que um cavalo vale mais do que uma vaca, mas não me importo com o valor financeiro. Uma vaca vai ser mais útil para mim, então, se o senhor concordar, nós trocamos.

– Troco sim, claro – o homem respondeu.

Portanto, deu-se a troca. Quando o assunto estava resolvido e sacramentado, o camponês poderia ter dado meia-volta, pois já tinha feito o que tinha de fazer. Porém, uma vez que já havia planejado ir à feira, decidiu que iria de qualquer forma, só para dar uma espiada. Então ele prosseguiu rumo à cidade com a vaca. Conduzir a vaca o deixava muito orgulhoso e ele caminhava empinado e firme; pouco depois, passou um homem conduzindo uma ovelha. Era uma boa ovelha, gorda e com uma boa lã.

"Bem que eu gostaria de ter aquela ovelha", ele pensou. "Perto de casa tem bastante grama pra ela comer, e no inverno podemos levá-la para o quarto e nos aquecer. Talvez fosse mais lucrativo ter uma ovelha do que uma vaca. Será que devo trocar?"

O homem com a ovelha foi muito receptivo, e a barganha foi rapidamente concretizada. Então nosso camponês continuou a viagem estrada afora levando a ovelha consigo. Pouco depois, ele cruzou com outro homem, que vinha chegando à estrada saído de um campo, e carregava um ganso grande sob o braço.

– Que bicho grandalhão você tem aí! – disse o camponês. – Tem montes de pena e montes de gordura; ficaria lindo lá em casa, amarrado em uma cordinha ou chapinhando na água. Seria muito útil para minha velha esposa, que poderia lucrar bastante com ele. Quantas vezes ela suspirou, "Ah, se ao menos nós tivéssemos um ganso!". Eis que surge a oportunidade e, se for possível, quero levá-lo para ela. Você gostaria de trocar? Pelo seu ganso, eu lhe darei minha ovelha e meu agradecimento.

O outro não fez a menor objeção, a troca foi feita e nosso camponês se tornou o dono de um ganso. A esta altura, ele já estava bem perto da cidade. Ao longo do caminho a multidão tinha crescido, e agora a mistura de gente e animal estava criando certa confusão. Os animais andavam na estrada e também nas laterais, e no posto de pedágio invadiram o campo onde o cobrador plantava batatas e uma galinha estava ciscando com uma corda amarrada à pata, para evitar que se assustasse com o movimento e fugisse. As penas do rabo dessa galinha eram bem curtas, ela piscava com os dois olhos e ao cacarejar pareceu bem esperta. O que estava pensando quando gritou "cocorocó" eu não sei dizer, mas, assim que nosso amigo camponês viu a ave, pensou: "Ora, esta é a melhor galinha que já vi na vida; dou minha palavra de que é muito superior à nossa. Esta aí consegue bicar uns grãos caídos pelo solo e com isso quase é capaz de se sustentar sozinha. Acho que seria uma boa troca se eu a conseguisse em troca do ganso". Então ele perguntou ao cobrador do pedágio:

– Vamos trocar?

– Trocar? – respondeu o homem. – Ora, não seria nada mau.

Então eles fizeram a troca, o cobrador de pedágio ficou com o ganso e o camponês saiu levando a galinha. Bem, ele tinha feito muitos negócios a caminho da feira, e estava com calor e cansado. Queria comer alguma coisa e tomar um copo de cerveja para se refrescar, então rumou para uma lanchonete. Quando estava prestes a entrar, de lá saiu um atendente, e ambos se encontraram na porta. O atendente estava carregando um saco.

– O que tem aí nesse saco? – perguntou o senhor camponês.

– Maçãs um pouco machucadas – o rapaz respondeu. – O saco está cheinho delas. Serão dadas aos porcos.

– Ora, mas que desperdício – o camponês exclamou. – Eu gostaria de levá-las para casa para minha esposa. No ano passado, a nossa macieira só deu uma maçã, e nós a guardamos no armário até que ficou bem desidratada e murcha. "Ainda assim é uma propriedade", minha mulher falou. Aqui sim, ela veria uma propriedade e tanto, um saco inteiro de propriedades. Eu gostaria de levar para ela.

– O que me daria pelo saco todo? – o atendente quis saber.

– O que eu daria? Ora, ofereço em troca a minha galinha.

Então ele entregou a galinha e recebeu as maçãs, que levou para dentro da lanchonete. Ele encostou o saco no forno com todo o cuidado para que as maçãs não rolassem, e foi se sentar a uma mesa. Mas o forno estava quente, e ele não tinha percebido. Havia muitos fregueses na lanchonete: negociantes de cavalos, condutores de gado e dois ingleses. Os dois senhores ingleses eram tão ricos que tinham os bolsos estufados a ponto de estourar; eles eram também apostadores, como vocês verão a seguir.

Pssss, pssss, pssss... O que estaria acontecendo ali perto do forno? As maçãs estavam assando, isso era o que estava acontecendo.

– O que é este barulho? – perguntou um dos ingleses.

– Ah... Você nem imagina – nosso camponês respondeu, e começou a contar a história toda do cavalo, que ele trocou por uma vaca, e assim por diante até chegar às maçãs.

– Uau, sua esposa vai ter um troço quando você chegar em casa – disse um dos ingleses. – Vai ser uma confusão danada!

– Claro que não! – o camponês garantiu. – Ela vai me dar um beijo e dizer: "O que um marido faz está sempre certo".

– Vamos fazer uma aposta sobre isso – o inglês replicou. – Nós lhe pagaremos uma tonelada em moedas de ouro.

– Não tem necessidade, cem quilos bastam – o camponês respondeu. – Para equilibrar a troca, ao peso das maçãs eu vou acrescentar eu mesmo e minha esposa, e assim terei a oferecer os mesmos cem quilos das suas moedas. Que me dizem?

– Aceitamos! Negócio fechado – e a aposta foi acordada.

Passou uma carroça e nela entraram os dois ingleses e o camponês. Lá se foram eles estrada afora, e logo chegaram à humilde casa.

– Oi, minha velha – ele cumprimentou a esposa.

– Olá, meu velho – ela respondeu.

– Fiz a troca.

– Ah, você sabe mesmo de tudo! – ela exclamou, e o abraçou, sem prestar atenção ao saco de maçãs e sem reparar nos forasteiros que acompanhavam o marido.

– Consegui uma vaca pelo cavalo.

– Ah, mas que maravilha! Agora teremos abundância de leite e manteiga e queijo. Foi uma troca ótima.

– Foi, mas depois eu troquei a vaca por uma ovelha.

– Ah, ainda melhor! – entusiasmou-se a esposa. – Você sempre pensa em tudo; nosso gramado tem o tamanho certo para a pastagem de uma ovelha. Teremos leite de ovelha e queijo de ovelha e casacos de lã e meias de lã! A vaca não poderia nos dar tudo isso, e os pelos dela não servem para nada. Ah, como você pensa em tudo!

– Mas eu troquei a ovelha por um ganso.

– Então nós teremos uma ceia maravilhosa no final do ano. Você, meu velho querido, está sempre pensando em jeitos de me agradar. Vai ficar uma delícia. Podemos deixar o ganso no gramado, com uma cordinha na pata, para ir engordando antes de virar nosso jantar.

– Mas eu me desfiz do ganso em troca de uma galinha poedeira.

– Uma poedeira! Ora, isto sim foi uma troca esplêndida – a camponesa respondeu. – A galinha vai botar e chocar ovos e nós teremos pintinhos. Em breve teremos um galinheiro cheio. Ah, era bem isso que eu queria!

– Sim, mas eu troquei a galinha por um saco de maçãs murchas.

– O quê? Bem, por essa eu vou mesmo lhe tascar um beijo! Meu amado bom marido, agora sou eu que vou lhe contar uma coisa. Sabe, assim que você partiu hoje cedo, comecei a planejar um jantar bem gostoso pra quando você voltasse, e pensei em fazer ovos mexidos com toucinho e ervas. Eu tinha os ovos e o toucinho, mas não as ervas, então fui até a casa do diretor da escola. Eu sei que eles cultivam muitas ervas, mas a esposa dele é muito mesquinha, apesar do sorriso doce. Eu perguntei se ela poderia me emprestar um pouco de erva e ela exclamou: "Emprestar? Eu não tenho nada pra emprestar, minha senhora, nem maçãs murchas!". Bem, agora eu poderei emprestar a ela dez maçãs murchas ou até o saco inteiro, e isso me deixa muito satisfeita. Até me dá vontade de rir, só de pensar!

E ela deu no marido um beijo estalado.

– Ora essa, gostei de ver – disseram os dois ingleses. – Sempre ladeira abaixo e ainda assim sempre contente. Bem vale o dinheiro!

Então eles pagaram cem quilos de ouro ao camponês que, independentemente do que fizesse, nunca recebia bronca da esposa, e sim beijos.

Compensa muito quando a esposa percebe e sustenta que o marido sempre sabe tudo e que qualquer coisa que ele faça é certa.

Esta foi a história que me contaram quando eu era criança. E agora que vocês a ouviram, também sabem que o que um marido faz está sempre certo.

O SOLDADINHO
DE CHUMBO

Muito, muito tempo atrás, havia vinte e cinco soldadinhos de chumbo. Eles eram irmãos, pois tinham sido feitos do mesmo pedaço do metal. Todos olhavam em frente, tinham baionetas no ombro e as seguravam bem retinhas. Os uniformes tinham bastante estilo, eram vermelhos e azuis e muito bonitos. A primeira coisa que eles ouviram na vida, quando foi aberta a tampa da caixa onde estavam deitados, foi: "Soldadinhos de chumbo!". Essas palavras foram ditas por um menininho que, de tão alegre, bateu palmas. Os soldadinhos tinham sido dados a ele de presente de aniversário, e agora a criança estava colocando todos de pé em cima de uma mesa.

Cada soldado era idêntico ao outro até o último fio de cabelo, exceto um, que tinha apenas uma perna. Ele havia sido feito por último, e o chumbo que restara não tinha sido suficiente para terminá-lo; porém, ele ficava tão firme sobre uma perna quanto os outros ficavam sobre duas, e foi dele a sorte mais notável.

Na mesa onde os soldadinhos de chumbo estavam, havia vários outros brinquedos, mas o que mais chamava a atenção era um lindo castelo de papel. Através das janelas minúsculas, era possível ver o grande saguão interior. Em frente ao castelo havia arvorezinhas ao redor de um pequeno espelho, que representava um lago de águas cristalinas. Cisnes de cera nadavam na superfície, e o espelho refletia a imagem deles.

Tudo isso era muito belo, mas a beleza maior era uma menininha que ficava junto à porta aberta do castelo. Ela era feita de papel recortado, mas usava um vestido do linho muito alvo, com uma faixinha azul por cima dos ombros, como se fosse um lenço, e no centro da faixa brilhava uma delicada rosa dourada. A moça era uma dançarina: os dois braços estavam esticados à frente e uma das pernas ficava levantada bem alto para trás, e não era possível vê-la. O Soldadinho de Chumbo pensou que, tal como ele, ela também só tinha uma perna.

"Ela seria a esposa perfeita para mim", ele pensou, "se não fosse tão distinta. Ela mora em um castelo, enquanto eu vivo em uma modesta caixa, e ainda por cima lá dentro somos vinte e cinco! Não seria o lugar adequado para uma dama. Mesmo assim, vou tentar conhecê-la".

Por acaso, havia uma caixinha de rapé em cima da mesa; ele se deitou de comprido atrás dela, e de lá conseguia facilmente observar a graciosa menina, que continuava se apoiando em uma perna só, sem perder o equilíbrio.

Quando anoiteceu, todos os outros soldadinhos de chumbo foram guardados na caixa, e as pessoas da casa foram se deitar. Agora, era a vez de os brinquedos brincarem. Eles se visitaram uns aos outros, travaram batalhas ferozes e deram grandes bailes. Dentro da caixa, os soldadinhos se agitavam, pois queriam muito se juntar aos outros, mas não conseguiam abrir a tampa. Os quebradores de nozes deram cambalhotas, e o lápis saltou de um lado a outro do jeito mais divertido. O alarido foi tamanho que o canário acordou e começou a falar; e em versos! Os únicos que não saíam do lugar eram o Soldadinho de Chumbo e a Dançarina. Ela continuava com os braços estendidos e na ponta de um só pé; ele, da mesma forma, permaneceu apoiado na única perna, sem jamais tirar os olhos dela.

Bateram as doze badaladas. Soou um "crac", e a tampa da caixa de rapé se escancarou. Lá dentro não havia tabaco moído, e sim um gnomo. Portanto, nunca foi uma caixa de fumo em pó, mas uma caixa surpresa.

– Ei, Soldado! – o Gnomo chamou. – Guarde sua curiosidade para si mesmo; não fique bisbilhotando o que não lhe diz respeito!

Mas o Soldadinho de Chumbo fingiu que não tinha ouvido.

– Pois então espere até amanhã – retrucou o Gnomo.

Na manhã seguinte, quando as crianças acordaram, o Soldadinho de Chumbo estava no peitoril da janela; seja pelo Gnomo, seja pelo vento, a janela foi aberta de repente, e o Soldadinho de Chumbo caiu na rua lá embaixo, voando de cabeça do terceiro andar. Foi uma queda tremenda! Ele girou e rodopiou no ar muitas vezes, até por fim pousar, com o capacete e a baioneta enfiados entre os pedregulhos da pavimentação e a perninha esticada para cima.

A criada e o menino desceram correndo para procurar por ele, mas, apesar de terem passado tão perto que quase o pisotearam, não conseguiram encontrá-lo. Se o Soldado tivesse gritado "Estou aqui!", eles com toda a certeza teriam ouvido, porém ele não achou adequado pedir ajuda estando de uniforme.

Então começou a chover; os pingos caíam cada vez mais depressa e dali a pouco desabava um temporal; quando passou, chegaram dois meninos.

– Olha! – falou um deles. – Um soldado de chumbo caído ali. Ele devia sair e navegar um pouco.

Então eles pegaram um jornal velho, fizeram um barco e colocaram o Soldadinho de Chumbo no meio; e lá foi ele velejando sarjeta abaixo, enquanto os meninos corriam ao lado batendo palmas.

Minha nossa, como as ondas balançaram o barquinho e como a água descia rápido! O Soldadinho de Chumbo ficou bem zonzo, porque o barco virava muito depressa, mas mesmo assim ele não moveu um músculo; continuou olhando em frente, firmemente agarrado à baioneta.

De repente, o barco passou por um cano, e tudo ficou escuro como a caixa onde ele morava antes. "Para onde estou indo agora?", ele pensou. "Com certeza é o Gnomo quem está fazendo tudo isso. Ah, se pelo menos aquela mocinha estivesse navegando aqui comigo, eu não me importaria nem que ficasse duas vezes mais escuro."

Bem nessa hora, uma ratazana enorme, que morava na tubulação, surgiu na frente dele.

– Você tem passaporte? Cadê seu passaporte? – ela falou.

Mas o Soldadinho de Chumbo ficou em silêncio, apenas agarrou a baioneta com mais força.

O barco de papel seguiu viagem, mas a ratazana foi atrás, rangendo os dentes e berrando para os gravetos e canudos que boiavam na água:

– Parem! Parem esse soldado! Ele não pagou a taxa! Ele não mostrou o passaporte!

A correnteza ficava cada vez mais forte. Agora o Soldadinho de Chumbo já conseguia enxergar a luz do dia no ponto onde o túnel terminava, mas, ao mesmo tempo, escutava um barulho que uivava e rugia, capaz de meter medo até no homem mais corajoso. Imaginem! Bem perto do fim, o cano ficava muito largo e se transformava em um lençol de água que desembocava direto em um esgoto. A situação era tão perigosa para o Soldado quanto seria, para nós, navegar rumo a uma cachoeira muito alta.

O Soldado estava tão próximo que a força da água não permitia que ele parasse. O barquinho jogava de um lado a outro com violência, mas o Soldadinho de Chumbo se controlou tão bem que ninguém jamais poderia dizer que ele tivesse dado nem mesmo uma piscada de medo. Por três ou quatro vezes o barco rodopiou; havia água até a borda, e certamente afundaria a qualquer momento.

O Soldadinho de Chumbo estava com a água pelo pescoço; mais e mais o barco afundou, mais e mais o jornal amoleceu; por fim, a água o encobriu. Ele se lembrou da linda Dançarina, que nunca mais veria de novo, e nesse momento ouviu aquela música:

Aventura selvagem
Perigo mortal
É o que resta no final
Ao soldado de coragem.

O barco de papel se partiu ao meio, e o Soldado estava prestes a afundar quando foi engolido por um grande peixe.

Ah, como era escuro lá dentro! Mais escuro até do que dentro do cano, e muito apertado; mas o Soldadinho de Chumbo manteve a bravura; ele se deitou de comprido e segurou a baioneta como antes.

Para adiante e para trás nadou o peixão, girando e virando e fazendo os movimentos mais esquisitos, até que por fim parou e ficou completamente imóvel.

Foi quando algo parecido com a luz do dia brilhou sobre ele e uma voz disse:

– Soldadinho de Chumbo!

O peixe tinha sido pescado e levado ao mercado, vendido, comprado e levado para a cozinha, onde a cozinheira o abriu com uma faca imensa. Ela pegou o Soldadinho de Chumbo entre o indicador e o polegar e o levou para a sala, onde a família estava reunida e ansiosa para ver o festejado homem que tinha viajado nas entranhas de um peixe, mas o Soldadinho de Chumbo continuava paralisado. Ele não estava nem um pouco orgulhoso.

Eles o colocaram em cima da mesa. Mas como uma coisa tão estranha poderia ter acontecido? O Soldado estava exatamente na mesma sala onde tinha estado antes! Ele viu as mesmas crianças e a seu lado na mesa estavam os mesmos brinquedos, entre eles a linda Dançarina, ainda apoiada em uma perna só. Ela também era uma criatura muito firme, e isso comoveu o Soldado. Ele sentiu muita vontade de chorar, mas isso não seria adequado. Ele olhou para ela e ela olhou para ele, mas nenhum dos dois disse uma só palavra.

Pouco depois, um dos meninos pequenos pegou o Soldadinho de Chumbo e o atirou para dentro do forno. A criança não deu nenhuma explicação para aquela atitude, então certamente era o Gnomo da caixa que não tinha rapé, mais uma vez, aprontando das suas.

O Soldadinho de Chumbo estava de pé no meio das chamas vermelhas. O calor que ele sentia era terrível; mas se era por causa do fogo ou por causa do amor que tinha no coração, ele não sabia. Ele reparou que as cores do uniforme tinham desbotado; mas se era por causa da jornada ou por causa da tristeza, ninguém sabia. Ele olhou para a pequena Dançarina, ela olhou de volta, e ele se sentiu derreter; mesmo assim, continuou firme como sempre, com a baioneta no ombro. De repente, a porta do forno se abriu; o vento levantou a Dançarina e para dentro do forno, perto do Soldadinho de Chumbo, ela voou, pegou fogo imediatamente e sumiu! O Soldado derreteu; e no meio das cinzas a criada o encontrou no dia seguinte, no formato de um coraçãozinho de chumbo, enquanto da Dançarina nada tinha restado, além da rosa, que queimou até ficar preta como carvão.

O TRIGO SARRACENO

Se algum dia, depois de uma tempestade, você por acaso cruzasse um campo onde trigo sarraceno é cultivado, talvez pudesse notar que a aparência dele seria escura e chamuscada, como se labaredas de fogo houvessem passado por ali. E se você perguntasse a razão, um fazendeiro poderia responder. "Foi o raio que fez isso".

Mas como foi que o raio fez isso?

Vou lhe contar o que um pardal me contou, algo que ouviu de um velho salgueiro que ficava, aliás ainda fica, perto de um campo de trigo sarraceno.

O salgueiro é alto e imponente, embora velho e retorcido. O tronco é dividido ao meio, de comprido, e capim e raminhos de amora crescem para fora da fenda. A árvore se curva para a frente, e seus galhos pendem como longos cabelos verdes.

Nos campos ao redor do salgueiro crescem centeio, trigo e aveia; aveias lindas que, quando amadurecem, parecem canários amarelos pousados em um galho. A safra tinha sido abençoada; quanto mais as espigas estavam cheias de grãos, mais baixo elas se curvavam em humilde reverência.

Havia também um campo de trigo sarraceno bem em frente ao velho salgueiro. Mas o trigo sarraceno não baixava a cabeça como os outros grãos; ao invés disso, ele mantinha o pescoço duro, ereto e arrogante.

– Sou tão formoso quanto a aveia – ele afirmava. – Além disso, sou muito mais vistoso. Minhas flores são tão belas quanto as da macieira. É um júbilo olhar para mim e meus companheiros. Velho salgueiro, você conhece alguma coisa mais bonita do que nós?

O salgueiro balançava a cabeça como se respondesse "Ô, se conheço!", mas o trigo sarraceno estava tão inchado de vaidade que respondia:

– Árvore idiota! Tão velha que até capim nasce do corpo dela.

Um aguaceiro medonho estava se aproximando, e as flores do campo recolheram as folhas ou baixaram a cabeça enquanto a chuva forte caía. Só a flor do trigo sarraceno se mantinha ereta em toda a sua petulância.

– Baixe a cabeça como nós – aconselharam as flores.

– Não tenho necessidade de fazer isso – o trigo replicou.

– Baixe a cabeça como nós – elas repetiram. – O anjo das tempestades está voando para cá. Ele tem asas que chegam das nuvens ao solo e vai atingir você antes que dê tempo de implorar por misericórdia.

– Eu escolho não me curvar – respondeu o trigo.

– Feche suas flores e recolha suas folhas – alertou o salgueiro. – Não olhe para o raio quando ele romper a nuvem. Nem seres humanos ousam fazer isso, pois em meio aos relâmpagos é possível entrever o paraíso de Deus. É uma visão capaz de cegar até os humanos, de tão estonteante. O que esta visão não poderia então fazer conosco, meras plantas no campo, que somos muito mais humildes, se nos atrevêssemos?

– Muito mais humildes! – bufou o trigo sarraceno. – Pois bem: se eu tiver a oportunidade, vou olhar direto para o paraíso de Deus.

E em sua soberba e prepotência, foi o que fez. Os clarões do raio foram tão horríveis que pareceu que o mundo inteiro estava em chamas.

Quando a chuvarada cessou, tanto os grãos quanto as flores, bastante refrescados pelo banho, ergueram-se novamente no ar puro e tranquilo. Mas o trigo sarraceno tinha sido totalmente queimado pelos raios, estava escuro como as cinzas e mantinha-se no campo como uma semente morta e inútil.

O velho salgueiro balançou os galhos ao sabor do vento e gordas gotas d'água escorreram de suas folhas, como se fossem lágrimas sendo derramadas. Os pardais perguntaram:

– Por que você está chorando, quando tudo ao redor é tão abençoado? Você não está sentindo o doce perfume das flores e dos arbustos? O Sol está brilhando e as nuvens sumiram do céu. Pra que chorar assim, velha árvore?

E o salgueiro contou aos pardais sobre o orgulho teimoso do trigo sarraceno e do castigo que se seguiu.

Eu, que escrevo este conto, escutei-o dos pardais. Eles me contaram tudo isso em uma noite, quando lhes pedi uma história.

O ÚLTIMO SONHO DO VELHO CARVALHO

Na floresta, no alto de uma costa íngreme e não muito distante da praia aberta, havia um carvalho muito velho. Ele tinha apenas 365 anos, mas esse longo período era, para a árvore, o mesmo que esse número de dias representa para os humanos. Nós ficamos acordados de dia e dormimos à noite, que é quando sonhamos. Com a árvore, é diferente: ela é obrigada a ficar acordada durante três estações do ano, e não dorme nem um pouquinho até a chegada do inverno. O inverno é a época do descanso; é a noite dela, depois do longo dia formado pela primavera, pelo verão e pelo outono.

Ao longo de todo o verão, os efemerópteros, que são insetos que só vivem um dia, tinham voado ao redor do velho carvalho, aproveitado a vida e sido felizes. E quando uma dessas criaturinhas pousava por um momento nas folhas grandes e frescas do carvalho, ele sempre dizia:

– Coitada de você, pequena criatura. Sua vida inteira se resume a um único dia. Que pouquinho! Deve ser muito triste.

– Triste? Como assim? – o inseto sempre respondia. – Por que você diz isso? Tudo à minha volta é maravilhosamente brilhante e morno e lindo. Eu sou feliz!

– Sim, mas apenas por um dia, e depois tudo acaba.

– Acaba! – o inseto repetia. – O que quer dizer "tudo acaba"? Você "acaba tudo" também?

– Ah, não! Eu provavelmente vou viver por milhares dos seus dias, e o meu dia dura uma estação inteira; é tão comprido que você nunca conseguiria calcular.

– Não? Então, não o entendo.. Você pode ter milhares dos meus dias, mas eu tenho milhares de momentos para ser alegre e contente. Por acaso a beleza do mundo vai terminar quando você morrer?

– Não – respondeu a árvore. – Com certeza vai durar muito mais, infinitamente mais do que eu consigo imaginar.

E o inseto concluiu:

– Bem, então nós temos o mesmo tempo de vida, só o jeito de calcular que é diferente.

E a pequena criatura flutuou e dançou no ar, agitando alegremente as asas, que eram tão delicadas quanto a névoa e o veludo; o inseto se deleitou com a brisa amena, que soprava trazendo a fragrância dos campos de trevo, das rosas selvagens, de flores de sabugueiro e madressilvas, e também o aroma dos canteiros do jardim, onde estavam plantados tomilho, prímula e menta. O perfume disso tudo junto era tão forte que quase intoxicava o minúsculo inseto. O dia longo e belo tinha sido tão repleto de alegrias e doces delícias que, quando o Sol se pôs, o insetinho estava cansado de tanta felicidade e diversão. Suas asas já não aguentavam mais o peso de seu corpo, e devagar, com muita suavidade, ele foi descendo, até chegar às lâminas tenras e macias da grama; lá, acomodou a cabecinha o melhor que pôde, e adormeceu em paz. O inseto estava morto.

– Coitado do efemeróptero – lamentou o carvalho. – Que vida mais curtinha a dele!

E assim, em todos os dias do verão, a dança se repetia, as mesmas perguntas eram feitas, as mesmas respostas eram dadas e o mesmo adormecer tranquilo vinha com o sol poente. Isso continuou ao longo de muitas gerações de efemerópteros, e todas eram perfeitamente felizes.

O carvalho seguiu acordado na manhã da primavera, no meio da tarde do verão, no fim de tarde do outono; seu período de descanso, a noite dele, estava perto. O inverno estava chegando. Caía uma folha aqui, outra ali. As tempestades já começavam a cantar:

> *Boa noite, boa noite.*
> *Nós vamos balançar e ninar você.*
> *Vá dormir, vá dormir.*
> *Vamos cantar para embalar seu sono,*
> *e isso vai fazer muito bem aos seus galhos;*
> *eles vão até estalar de prazer.*

> *Durma bem, durma bem,*
> *esta é a sua noite número trezentos e sessenta e cinco.*
> *Você está há pouco tempo no mundo,*
> *é bem jovem ainda.*

> *Durma docemente,*
> *sobre você as nuvens vão derramar neve,*
> *e ela será seu cobertor,*
> *que vai proteger e esquentar seus pés.*
> *Bom soninho pra você,*
> *e tenha lindos sonhos.*

E assim ficou o carvalho: sem folhas, pronto para passar o inverno descansando e sonhando com tudo que tinha acontecido, tal como ocorre com os sonhos dos homens.

A grande árvore já tinha sido pequena; na verdade, bem no início, era apenas uma bolota. De acordo com o cálculo humano, o carvalho estava agora em seu quarto século de existência. Era a maior e melhor árvore da floresta. Seu topo ficava acima de todas as outras árvores e podia ser visto até do mar, e por isso servia como marco para os marinheiros. O carvalho nem imaginava quantos pares de olhos procuravam por ele ansiosamente. Em seus galhos mais altos, os pombos do bosque faziam seus ninhos e os cucos cantavam sua famosa melodia, e as notas bem conhecidas ecoavam entre os galhos; no outono, quando as folhas pareciam lâminas de cobre, os pássaros de passagem vinham descansar nos ramos, antes de começarem o voo sobre o mar.

Mas, agora que era inverno, a árvore estava sem folhas, então todo mundo podia ver como estavam tortos e curvados os galhos que saíam do tronco. Corvos e gralhas vinham em turnos pousar neles, e conversavam sobre o período difícil que estava começando e sobre como era duro conseguir ganhar a vida no inverno.

Foi exatamente na santa época do Natal que a árvore teve um sonho. Ela sentia, sem nenhuma dúvida, que o tempo das festas tinha chegado, e em seu sonho tinha a impressão de ouvir os sinos das igrejas badalando. Ainda assim, parecia que era um lindo dia de verão, suave e morno. O topo robusto da árvore estava coroado com uma folhagem verde, fresca e bem espalhada, e os raios de sol brincavam por entre as folhas e galhos, e o ar estava repleto da fragrância de hortaliças e flores. Borboletas coloridas como pinturas brincavam de pega-pega, e os insetos dançavam ao redor como se o mundo todo tivesse sido criado apenas para que eles pudessem se divertir e ser felizes. E tudo o que tinha acontecido com a árvore ao longo da vida estava desfilando diante dela como se fosse uma grande parada festiva.

Ela viu os cavaleiros dos tempos antigos e as damas nobres cruzarem a floresta em seus cavalos garbosos, com plumas esvoaçantes nos chapéus e falcões nos pulsos, enquanto o berrante anunciava a caçada e os cães latiam. Ela viu guerreiros hostis em trajes coloridos e armaduras reluzentes, com espadas e lanças, montando acampamento e depois desmontando as barracas, a fogueira acesa e homens cantando em volta, e depois dormindo ao abrigo acolhedor da árvore. Ela viu namorados se encontrarem, em uma alegria silenciosa, à luz do luar, e gravarem as iniciais de seus nomes em seu tronco verde-acinzentado.

Uma vez, mas isso tinha sido muito tempo antes, viajantes alegres tinham pendurado violões e harpas em seus galhos; pois agora parecia que lá estavam pendurados de novo, pois dava para ouvir suas lindas melodias. Os pombos arrulharam como se estivessem expressando os sentimentos da árvore, e os cucos gritaram para informar quantos dias o verão ainda iria durar.

Então, pareceu ao carvalho que vida nova estava palpitando nele todo, em cada fibra, e raiz, e caule, e folha, chegando até os galhos mais altos. A árvore sentia que estava se esticando, se espalhando, enquanto em suas raízes debaixo da terra corria o vigor quente da vida. Conforme ela se espichava mais e mais para o alto, crescia também sua força: os galhos do topo ficaram mais grossos e cheios, e na mesma proporção aumentou seu contentamento. O carvalho foi tomado por um desejo entusiasmado de subir cada vez mais, até atingir o próprio Sol brilhante.

Os galhos superiores já tinham atravessado as nuvens, e agora elas flutuavam entre eles como se fossem um bando de aves migratórias ou grandes cisnes brancos. Cada folha parecia dotada de visão, como se tivesse olhos para enxergar. As estrelas se tornaram visíveis em plena luz do dia, grandes e cintilantes, como olhos límpidos e gentis. Essas estrelas faziam a árvore se lembrar do brilho que ela havia visto nos olhos das crianças e dos namorados apaixonados que antes tinham se encontrado sob os galhos da velha árvore.

Eram momentos maravilhosos para o velho carvalho, repletos de paz e alegria; apesar disso, no meio de tanta felicidade, ele queria que todas as outras plantas, fossem árvores, arbustos, hortaliças ou flores, pudessem também se elevar lá de baixo até muito alto, para verem o mesmo esplendor e sentirem o mesmo contentamento. O imenso e majestoso carvalho não conseguiria se sentir plenamente feliz até que todos os demais, grandes e pequenos, pudessem também sentir aquela alegria. Esse desejo percorria cada galho e cada folha da árvore com a mesma força e a mesma urgência dos anseios humanos que fazem tremer nosso coração.

O topo da árvore balançava para a frente e para trás e se curvava para baixo, como se, em meio a seu desejo silencioso, estivesse procurando algo. Então chegou até ela o perfume do tomilho e, com ainda mais força, a fragrância de madressilvas e violetas, e a árvore achou que estava ouvindo a melodia do cuco.

Por fim, o que ela queria aconteceu. Para cima e por entre as nuvens, lá vinham os topos das árvores da floresta, e o carvalho observou enquanto elas se elevavam cada vez mais. Arbusto e capim disparavam rumo ao céu, e alguns até rompiam as raízes para subir mais depressa. A mais rápida de todas foi a bétula. Como um raio, seu tronco delgado ascendeu em zigue-zague, e os galhos abertos pareciam bruma verde. Todas as plantas da floresta estavam crescendo, até o mais humilde junco de penugem castanha, enquanto os pássaros alçavam voo piando. Em uma folha de grama que flutuava no ar como uma longa faixa verde, estava pousado um gafanhoto, limpando as asas com as patas. Os besouros zuniam, abelhas murmuravam, aves cantavam, cada um à sua maneira. O ar foi preenchido pelos sons da gratidão.

– Mas cadê a florzinha azul que cresce perto da água, e onde estão a campânula roxa e a margarida? – o carvalho perguntou. – Quero todo mundo junto.

– Estamos aqui, aqui! – veio a resposta, em palavras e música.

– Mas e o lindo tomilho do último verão, onde foi parar? E onde estão os lírios do campo que no último ano cobriram a terra de flores, e a macieira selvagem com suas flores perfumadas e a nobreza de sua madeira, que desabrochou ano após ano? E onde está até o mais diminuto, que acabou de nascer?

– Cá estamos nós, cá estamos! – soaram as vozes, bem alto no céu, como se já tivessem voado para lá mais cedo.

– Ah, tudo isto é lindo demais, quase inacreditável – exclamou o carvalho, em um tom muito alegre. – Está todo mundo aqui, tanto o grande quanto o pequeno, ninguém ficou para trás. Pode tamanha felicidade ser imaginada? É quase impossível.

– No céu com o Deus eterno isso pode ser verdade, pois todas as coisas são possíveis – soou a resposta, cruzando os ares.

E a velha árvore, crescendo cada vez mais, sentiu que suas raízes estavam se soltando da terra.

– Assim está certo, é de fato o melhor – a árvore disse. – Agora, nada mais me prende. Eu posso voar até o ponto mais alto em luz e glória. E todos que eu amo estão comigo, desde os mais modestos até os mais grandiosos. Todos, todos estão aqui.

Este foi o sonho de um velho carvalho na noite sagrada de Natal. Enquanto ele sonhava, uma tempestade muito forte varreu mar e terra.

Ondas gigantes rolavam até a praia. Foi quando saiu da árvore um barulho de rachadura e esmagamento. As raízes foram arrancadas do solo bem na hora em que, no sonho, elas estavam se soltando da terra. O carvalho tombou; seus 365 anos terminaram como o dia único de vida do efemeróptero.

Na manhã do dia de Natal, quando o Sol nasceu, a tempestade tinha passado. Em todas as igrejas soavam sinos festivos e de todos os lares, até da mais humilde cabana, subia aos céus a fumaça do preparo de alimentos, como nos altares dos druidas subia a fumaça de agradecimento. O mar foi de acalmando e a bordo de um grande navio, que tinha enfrentado a tempestade durante a noite, todas as bandeiras estavam hasteadas como sinal de alegria e comemoração.

– A árvore caiu! O velho carvalho! Nosso marco em terra! – exclamaram os marinheiros. – Deve ter tombado na tempestade da noite passada. Quem poderá ficar no lugar dele? Ah, pobres de nós, não haverá um substituto!

Isso foi a oração funerária da velha árvore; breve, mas bem dita.

Lá estava o carvalho, deitado na praia coberta de neve; sobre ele soava a cantiga de Natal que chegava do navio, uma canção que celebrava a alegria do Natal, a redenção das almas e a vida eterna ao lado de Cristo.

Vamos cantar alto nesta manhã feliz!
Tudo se cumpriu, Cristo nasceu.
Músicas alegres vamos entoar,
Para a chegada de Cristo celebrar.

Assim era a música de Natal, e através da canção e da oração cada um no navio sentiu seus pensamentos se elevarem, assim como a velha árvore se elevou em seu último belo sonho naquela manhã de Natal.

O VELHO LAMPIÃO DE RUA

Vocês já ouviram a história do velho lampião de rua? Não é lá muito interessante, mas, por outro lado, também não custa nada ouvir.

Era um velho lampião dos mais respeitáveis, que tinha prestado muitos, muitos anos de serviço e, agora, estava na iminência de se aposentar e receber uma pensão. Nesta noite, ele estava em seu posto pela última vez, iluminando a rua. Seus sentimentos eram parecidos com os de uma dançarina já de idade, que se apresenta no teatro pela última vez e sabe que, na manhã seguinte, estará sozinha e esquecida em seu quartinho.

O lampião estava na maior angústia por causa do dia seguinte, pois sabia que deveria ir se apresentar pela primeira vez ao órgão municipal, onde seria inspecionado pelo prefeito e pelo conselho, que então decidiriam se ele ainda estava apto para o serviço; se era bom o suficiente para ser usado na iluminação de algum subúrbio ou, ao contrário, de alguma fábrica. Se o lampião não pudesse ser aproveitado em uma dessas opções, seria enviado para uma fundição para ser derretido. Neste caso, poderia ser transformado em qualquer coisa, e o lampião se perguntava o que seria, e também se conseguiria se lembrar de, antes, ter sido um lampião de rua. Isso tudo o estava perturbando muitíssimo.

Fosse qual fosse o desdobramento, parecia certo que o lampião seria separado do guarda e da esposa dele, de cuja família o lampião cuidava como se fosse a dele. O lampião tinha sido aceso na mesma tarde em que o guarda, então jovem e forte, tinha começado no serviço. Ora, bem! Fazia muito tempo que um tinha virado lampião e o outro começado a ser guarda. Na época, a esposa era um pouco metida e só se dignava a lançar um olhar para o lampião quando passava por ele à noite; durante o dia, nunca. Porém, nos anos mais recentes, quando o vigia, a esposa e o lampião tinham ficado velhos, ela havia começado a tomar conta dele, limpando e mantendo abastecido o reservatório de óleo. Os velhos eram totalmente honestos e jamais haviam roubado do lampião uma só gota do óleo que lhe era destinado.

Então aquela era a última noite do lampião na rua, e no dia seguinte ele deveria se apresentar na prefeitura; dois pensamentos bem doloridos, não admira que não estivesse brilhando muito forte. De quantas pessoas ele iluminou o caminho, e quantas coisas tinha visto! Provavelmente, tantas quantas as que o próprio prefeito e os conselheiros tinham visto também. Porém, nenhum desses pensamentos era verbalizado, pois o lampião era bondoso e respeitável e nunca iria, de propósito, ferir os sentimentos de alguém, em especial se esse alguém ocupasse uma posição de autoridade. Conforme as lembranças se sucediam, a luz por vezes ficava mais forte, brilhando com uma intensidade súbita. Nessas horas, o lampião tinha certeza de que seria lembrado.

"Houve certa vez um rapaz jovem e bonito", pensou o lampião, "claro que faz muitos anos, mas eu me lembro bem de que ele segurava um bilhete, escrito em papel cor-de-rosa com bordas douradas. A letra era delicada, evidentemente feminina. Ele leu o bilhete duas vezes e beijou o papel, e então levantou a cabeça na minha direção com olhos que diziam claramente: 'Eu sou o homem mais feliz do mundo!'. Só ele e eu sabemos o que estava escrito na primeira carta que ele recebeu da amada. Ah, sim, e houve outro par de olhos que recordo; é engraçado como os pensamentos pulam de uma coisa para outra! Um cortejo fúnebre passou pela rua. Uma bela jovem mulher estava deitada em um ataúde decorado com guirlandas e iluminado por tochas tão potentes que de fato brilhavam mais do que a minha luz. Ao longo de toda a rua, as pessoas das casas se reuniam em grupos e se juntavam à procissão. Porém, quando a multidão tinha passado por mim e eu pude espiar em volta, vi uma pessoa de pé, sozinha, encostada no meu poste, chorando. Jamais vou me esquecer da dor que havia naqueles olhos que me encaravam.

Essas reflexões, e outras parecidas, ocuparam o lampião de rua naquela última vez em que sua luz brilharia. O vigia, quando deixa o cargo, ao menos sabe quem será o sucessor, e pode sussurrar umas palavras amigas. Mas o lampião não sabia quem o sucederia; se soubesse, poderia lhe dar umas dicas sobre a chuva ou a névoa e talvez informá-lo sobre o alcance dos raios de lua e de que direção o vento costumava soprar, e assim por diante.

Na ponte por cima do canal, havia três criaturas que desejavam se apresentar ao lampião, pois acreditavam que ele poderia passar o posto a quem quisesse. A primeira era uma cabeça de arenque que emitia luz na escuridão. A cabeça comentou que, se a colocassem no poste do lampião, haveria uma grande economia de óleo. A segunda era um pedaço de madeira podre, que também brilhava no escuro. Ele se achava um descendente de um velho caule que no passado tinha sido o orgulho da floresta. O terceiro era um vaga-lume, e como ele tinha conseguido chegar até ali era um mistério para o lampião; no entanto, lá estava, e realmente podia iluminar tão bem quanto os outros. Mas a madeira podre e a cabeça de arenque declararam, na maior solenidade e por tudo o que consideravam mais sagrado, que o vaga-lume só dava luz em certas épocas e que não deveria ter permissão para concorrer com elas. O lampião garantiu que nenhum fornecia luz suficiente para ocupar a posição dele na rua, mas eles não acreditaram. Então, quando souberam que ele não tinha poder para escolher o sucessor, responderam que ficavam muito aliviados de ouvir aquilo, pois o lampião já era muito velho, e estava gasto demais para conseguir fazer uma boa escolha.

Neste momento, o vento dobrou a esquina voando, passou pelos furos de ventilação do velho lampião e perguntou:

– O que foi que você disse? Está partindo amanhã? Então esta noite é a última vez que nos encontramos? Ora, então tenho de lhe dar um presente de despedida. Vou soprar no seu cérebro para que você consiga, no futuro, não só se lembrar de tudo que viu e ouviu no passado, mas também para que sua luz interior brilhe forte, e você possa compreender tudo que seja dito e feito na sua presença.

– É um presente maravilhoso, de verdade! – o velho lampião respondeu. – Eu lhe agradeço de todo o coração. Só espero não ser derretido.

– Ah, não acho provável que isso aconteça por enquanto – o vento falou. – Vou também soprar para dentro de você uma memória; assim, se você receber presentes parecidos, terá como passar uma velhice muito agradável.

– Sim, mas isso se eu não for derretido. Por que, caso eu seja, ainda terei minha memória?

– Ora, velho lampião, seja razoável – o vento respondeu, e depois se escafedeu.

Nessa hora, a Lua saiu de trás das nuvens.

– O que você vai dar ao velho lampião? – o vento perguntou.

– Não posso dar nada – ela respondeu. – Estou minguante, e nenhum lampião jamais me deu luz, ao passo que eu com frequência brilhei sobre eles.

E com essas palavras a Lua se escondeu de novo atrás das nuvens, para ser poupada de novos aborrecimentos. Bem nesse momento, uma gota caiu do telhado de uma casa bem em cima do lampião; ela explicou que era um presente que as nuvens cinzentas tinham mandado para ele, e que talvez fosse o melhor presente de todos. Ela disse:

– Vou penetrar tão fundo em você, que terá o poder de ficar enferrujado e, se quiser, poderá desmoronar em uma única noite, até virar um montinho de fuligem de ferro.

Mas pareceu ao lampião um presente bem ruim, e o vento concordou.

– Ninguém vai dar mais nada para o lampião? Ninguém vai oferecer nenhum outro presente? – ele gritou, o máximo que conseguiu, e uma estrela cadente muito brilhante cruzou os céus, deixando atrás de si um rastro luminoso.

– Ei, o que foi isso? – gritou a cabeça de arenque. – Uma estrela cadente? Acho que caiu bem no lampião. Ah, quando gente de alta estirpe assim se candidata a uma vaga, realmente, nem vale a pena ficar para concorrer.

Então os três foram embora, enquanto o lampião lançava raios maravilhosamente luminosos ao redor.

– Isto é um presente glorioso – ele disse. – Sempre tive um encanto todo especial pelas estrelas brilhantes, que iluminam muito mais do que eu jamais consegui, apesar de eu ter tentado com todas as forças. Agora elas repararam em mim, um pobre lampião velho, e me mandaram um presente que vai me permitir ver com clareza tudo que eu conseguir recordar, como se o que eu lembrar estivesse na minha frente, e isso poderá ser enxergado também por todos que me amam. E nisso reside a verdadeira felicidade, pois os prazeres que não podemos compartilhar com os outros são apenas meio prazerosos.

– É um sentimento nobre – disse o vento –, mas para esse objetivo serão necessárias velas para iluminar. Se não houver velas acesas em você, as capacidades únicas que você possui não vão beneficiar ninguém. As estrelas não pensaram nisso. Elas acham que você e todos os outros tipos de luz são um toco de vela. Mas agora eu preciso ir – e o vento se aquietou para descansar.

– Tocos de vela, sim, realmente – respondeu o lampião. – Nunca tive isso, nem parece que algum dia terei. Ah, se ao menos eu tivesse certeza de que não vou ser derretido na fundição.

No dia seguinte... Bem, talvez seja melhor pularmos o dia seguinte. A noite chegou e o lampião estava descansando em uma poltrona muito confortável; adivinhem onde! Ora, na casa do guarda. Ele havia pedido ao prefeito e à polícia autorização para ficar com o lampião de rua, em consideração aos seus muitos anos de serviço bem prestado, e por ter sido ele que, no primeiro dia de trabalho, tinha acendido o lampião, vinte e quatro anos antes. O vigia olhava para o lampião quase como se fosse um filho. Não tinha filhos, e o lampião tinha sido dado a ele.

Lá estava o lampião bem acomodado em uma poltrona ao lado do forno quentinho. Ele parecia até ter crescido, pois ocupava a poltrona toda. Os velhos estavam à mesa jantando e lançavam olhares amistosos em sua direção; teriam, de muito boa vontade, admitido o lampião à mesa para jantarem juntos. É bem verdade que eles viviam em um porão dois andares abaixo do chão e que para chegar em casa precisavam atravessar uma passagem de ladrilhos. Mas lá dentro era aquecido e confortável, e eles tinham instalado calafetagem na porta. A cama e a janelinha tinham cortinas e tudo era caprichado e limpo. No parapeito da janela ficavam dois vasos muito interessantes, que um marinheiro chamado Cristiano tinha trazido das Índias Orientais ou Ocidentais. Eram de argila e tinham a forma de elefantes, com aberturas nas costas; estavam cheios de terra e através da abertura as plantas cresciam. Em um dos vasos brotavam cebolinha e alho-porró; era o jardim da cozinha. O outro, que continha um lindo gerânio, eles chamavam de jardim das flores. Na parede pendia um amplo e colorido retrato do Congresso de Viena, com todos os reis e imperadores. Um relógio de grandes pêndulos ficava em outra parede e seguia firme em seu tique-taque; ele avançava um pouco rápido demais, mas o velho casal achava assim melhor do que um relógio lento. "Relógio que atrasa não adianta", eles diziam. Os dois estavam agora jantando, como dissemos há pouco, enquanto o lampião descansava na poltrona junto ao forno.

Para o lampião, parecia que o mundo estava de ponta-cabeça. Mas, depois de algum tempo, o velho guarda olhou para ele e começou a falar do que ambos tinham passado juntos na chuva e na neblina, durante as noites claras e curtas de verão e nas longas noites de inverno, suportando tempestades de neve quando tudo que ele mais queria era estar em sua casinha no sótão. O lampião começou a se sentir melhor de novo. Ele enxergava com total clareza tudo que havia acontecido, como se os fatos estivessem desfilando bem na frente dele. O presente dado pelo vento tinha mesmo sido excelente!

O casal de idosos era muito ativo e trabalhador, nunca ficavam desocupados nem por uma hora. Nas tardes de domingo eles pegavam uns livros, em geral um de viagens que apreciavam bastante. O velho guarda então lia em voz alta sobre a África, com suas grandes florestas e elefantes selvagens, enquanto a esposa ouvia com máxima atenção, lançando de vez em quando olhares espichados para os elefantes de argila que serviam de vasos.

– Quase consigo imaginar que estou vendo elefantes de verdade – ela comentou.

Ah! Como o lampião desejava que uma vela de cera fosse acesa em seu interior, para que a senhora pudesse enxergar tudo até os menores detalhes, como ele mesmo enxergava: as árvores imponentes, com galhos grossos entrelaçados, os negros seminus montados em cavalos e grandes manadas de elefantes pisoteando plantações de bambu com suas patas imensas e pesadonas.

– De que adiantam todas as minhas capacidades – suspirou o lampião –, se eu não consigo uma vela de cera? Eles aqui só têm óleo e velas de sebo, e elas não servem.

Certo dia, uma pilha de tocos de vela de cera deu um jeito de chegar ao porão. Os tocos maiores foram acesos e os menores a senhora guardou para encerar as linhas de costura, de modo que agora havia abundância de velas, mas não ocorreu a nenhum deles colocar um pedaço no lampião.

"E cá estou eu, com todos esses meus poderes extraordinários", o lampião pensou. "Tenho tantas habilidades dentro de mim, entretanto não consigo compartilhar. Eles nem imaginam que eu poderia cobrir estas paredes brancas com lindas tapeçarias, ou transformá-las em florestas luxuriantes ou em qualquer outra coisa que eles quisessem."

O lampião, apesar disso, era mantido sempre limpo e brilhante em seu canto, onde atraía todos os olhares. Os estranhos olhavam para ele como se fosse um cacareco inútil, mas os velhos não se importavam com isso, pois o adoravam. Um dia, quando era aniversário do guarda, a velha senhora se aproximou do lampião sorrindo e disse:

– Hoje eu vou iluminar a casa em homenagem ao meu velho.

O lampião rangeu as traves de metal, pensando: "Agora, finalmente, terei luz dentro de mim". Mas, no fim, ninguém colocou nele uma vela de cera, apenas óleo, como sempre.

O lampião ficou aceso a noite toda e começou a perceber que o presente dado pelas estrelas seria, até o fim de sua vida, um tesouro escondido. Então ele teve um sonho, pois, com as habilidades que possuía, sonhar não era difícil. Ele sonhou que o casal havia morrido e que ele tinha sido levado à fundição para ser derretido. Isso provocou no lampião uma angústia quase tão grande quanto a que tinha sofrido, antes, no dia em que foi chamado a se apresentar diante do prefeito e do conselho municipal. Mas, apesar de ter recebido o poder de se desfazer em fuligem de ferro quando bem quisesse, ele não o usou. Assim, foi derretido na fundição e moldado, em seguida, no mais elegante candelabro de ferro, com o formato exato para receber uma vela de cera. O candelabro tinha a forma de um anjo segurando um ramalhete de flores, e no meio delas estava o suporte onde a vela deveria ser encaixada. Seria colocado no centro de uma escrivaninha forrada de verde, em uma sala muito agradável, onde havia dezenas de livros espalhados e pinturas esplêndidas nas paredes.

O dono desta sala era um poeta, um intelectual. Tudo que ele pensava ou escrevia estava retratado ao seu redor. A natureza se mostrava para ele, às vezes, em florestas escuras e, às vezes, em alegres pradarias onde desfilavam cegonhas; às vezes, no convés de um navio que cruzava o mar espumoso sob um céu azul-claro ou, à noite, sob estrelas cintilantes.

– Que poderes maravilhosos eu tenho! – admirou-se o lampião, despertando. – Eu quase preferia ser derretido! Mas não, não posso; não enquanto o velho casal ainda estiver vivo. Eles me amam do jeito que eu sou, eles me mantêm limpo e abastecido de óleo. Sou tão querido quanto o quadro do Congresso de Viena, do qual eles gostam tanto.

E a partir de então o lampião se sentiu à vontade sendo ele mesmo, exatamente como um lampião velho e honrado merece se sentir.

OLEGÁRIO-FECHA-OLHOS

Não há ninguém no mundo todo que saiba tantas histórias quanto Olegário-Fecha-Olhos, nem que saiba contá-las tão bem.

No final do dia, quando as crianças estão à mesa tomando chá ou em suas cadeirinhas, ele sobe as escadas no maior silêncio, pois anda só de meias. Abre as portas sem fazer o menor ruído e joga nos olhos delas um pó bem fino; não muito, apenas o suficiente para impedir que os pequenos fiquem de olhos abertos. Desse modo, as crianças não conseguem vê-lo. Depois, ele vai para trás delas e sopra delicadamente em suas nucas, até que elas ficam com sono e as cabeças baixam.

Mas Olegário-Fecha-Olhos não pretende lhes fazer mal nenhum. Ele adora crianças, e só quer que fiquem quietas para que ele possa contar belas histórias, e ele sabe muito bem que elas não param quietas, a menos que estejam dormindo. Olegário-Fecha-Olhos senta na cama assim que elas adormecem. A roupa dele é muito bonita; o casaco é feito de seda, mas é impossível dizer de qual cor, pois muda de verde para vermelho e de vermelho para azul conforme ele se vira. Debaixo de cada braço ele carrega um guarda-chuva. Um deles, com desenhos do lado de dentro, ele abre por cima das crianças boazinhas, e elas sonham com as histórias mais encantadoras. Mas o outro guarda-chuva não tem desenho nenhum, e este ele abre sobre as crianças malcomportadas, então elas dormem um sono pesado e acordam pela manhã sem terem tido nenhum sonho.

Agora, vamos ouvir como Olegário-Fecha-Olhos veio durante uma semana inteira para um menino chamado Djalma e o que foi que ele lhe contou. Foram sete histórias, como sete são os dias da semana.

SEGUNDA-FEIRA

– Agora preste atenção – disse Olegário-Fecha-Olhos certa noite, quando Djalma já estava na cama. – Eu vou decorar o quarto.

Imediatamente, todas as flores que estavam em vasos se tornaram árvores enormes, com longos galhos que chegavam até o teto e se espalhavam pelas paredes, de forma que o quarto parecia uma estufa. Todos os galhos estavam carregados de flores, e cada flor era bela e perfumada como uma rosa; se alguém tivesse experimentado alguma, teria descoberto que eram mais doces até do que geleia. As frutas brilhavam como ouro, e havia bolos tão recheados de ameixas que estavam quase estourando. Tudo era incomparavelmente lindo.

Ao mesmo tempo, da gaveta onde Djalma guardava os materiais da escola, vinham gemidos baixinhos.

– Mas o que pode ser agora? – Olegário-Fecha-Olhos falou, enquanto ia até a mesa e abria a gaveta.

Era uma pequena lousa, tão aborrecida por causa de um número errado em uma soma que quase se partiu em pedaços. O giz preso a ela puxou e esticou o barbante como se fosse um cachorrinho que quisesse ajudar e não conseguisse.

Depois, veio um gemido do caderno de Djalma. Ah, era horrível de se escutar! Em cada página havia uma fileira de letras maiúsculas, cada uma com uma pequena letra ao lado. Esse era o modelo. Abaixo dessas letras havia outras, que Djalma havia escrito; elas achavam que eram iguais às letras do modelo, mas estavam enganadas, pois eram inclinadas para um lado como se a qualquer momento fossem cair na linha.

– Vejam, é assim que vocês deveriam ficar – o modelo falou.
– Observem a inclinação: assim, com uma curva graciosa.

– Bem que nós gostaríamos – as letras de Djalma responderam. – Mas não conseguimos, porque fomos muito mal desenhadas.

– Então precisam ser apagadas – Olegário-Fecha-Olhos falou.

– Ah, não! – elas gritaram, e se endireitaram com tanta graça que olhar para elas era um prazer.

– Bem, agora, vamos interromper nossa história e exercitar as letras – disse Olegário-Fecha-Olhos. – Um, dois; um, dois.

Ele as treinou até que ficaram bem retinhas e tão lindas quanto uma cópia pode ser. Mas depois que Olegário-Fecha-Olhos foi embora, e Djalma olhou o caderno de manhã, elas estavam tão feias e inclinadas quanto sempre tinham sido.

TERÇA-FEIRA

Assim que Djalma estava na cama, Olegário-Fecha-Olhos tocou com sua varinha de condão todos os móveis do quarto, e imediatamente eles começaram a tagarelar. Cada peça de mobília só falava sobre si mesma.

Acima da cômoda, estava pendurado um grande quadro com moldura dourada. O quadro mostrava uma paisagem onde havia belas árvores antigas, flores na relva e um riacho largo, que cruzava a floresta passando em frente a vários castelos e indo até bem longe, em direção ao oceano selvagem.

Olegário-Fecha-Olhos tocou a pintura com sua varinha mágica e os pássaros começaram a cantar, os galhos das árvores se mexeram e as nuvens cruzaram o céu, lançando sombras na paisagem abaixo delas.

Então, Olegário-Fecha-Olhos suspendeu o pequeno Djalma até o quadro e o colocou dentro da paisagem, com os pés na relva alta. E lá ele ficou, recebendo a luz do sol, que atravessava os galhos das árvores. Depois o menino correu até a água e entrou em um barquinho, que estava na margem e era pintado de vermelho e branco.

As velas brilhavam como se fossem de prata; seis cisnes, cada um com um colar de ouro no pescoço e uma estrela azul brilhante na testa, conduziram o barco pela floresta verdejante, onde as árvores conversavam sobre ladrões e feiticeiras, e as flores, sobre lindos elfos e fadas, cujas histórias as borboletas haviam lhes contado.

Peixes resplandecentes, com escamas como prata e ouro, nadavam seguindo o barco, de vez em quando dando saltos e espirrando água em volta, enquanto pássaros grandes e pequenos, vermelhos e azuis, acompanhavam voando em duas filas compridas. Os mosquitos dançavam em volta e os besouros diziam "bzz, bzz". Todos queriam ir atrás de Djalma, e todos tinham alguma história para contar ao menino. Foi o passeio mais lindo.

Algumas vezes, as florestas eram densas e escuras; outras vezes, como belos jardins alegres, com sol e flores. Djalma passou por incríveis palácios de vidro e mármore, e as princesas nos balcões tinham o rosto das meninas que Djalma conhecia e com quem costumava brincar. Uma das menininhas esticou a mão; na palma, havia um coraçãozinho de açúcar, mais bonito do que qualquer confeiteiro já vendeu. Quando o barquinho de Djalma passou por ela, ele pegou em uma das pontas do coração de açúcar e segurou com força, e a princesa também, então ele se partiu em dois pedaços. Djalma ficou com uma parte e a princesa com a outra, mas a dele era maior.

Em cada castelo havia príncipes fazendo as vezes de sentinelas. Eles apresentavam armas e tinham espadas de ouro e faziam chover ameixas e soldadinhos de chumbo, então devem ter sido príncipes de verdade.

Djalma continuou a navegar, ora cruzando florestas ora passando por salões amplos e depois por grandes cidades. Por fim, chegou ao vilarejo onde vivia sua babá, que o tinha carregado nos braços quando bebê, e sido sempre muito carinhosa com ele. Ela acenou e começou a cantar uns versinhos que havia composto para ele:

> *Quantas, quantas horas penso em você, meu menino,*
> *Meu querido Djalma, ainda meu orgulho e alegria!*
> *Como fiquei tão encantada com você, pequenino?*
> *Beijando suas bochechas rosadas de euforia!*
> *Sua primeira palavra coube a mim escutar*
> *Hoje, minha despedida até você vai voar.*
> *Que o Senhor mantenha sempre perto seu escudo.*
> *E o receba no céu em um castelo de veludo.*

Todos os pássaros cantavam os mesmos versos, as flores dançavam em seus caules e as velhas árvores balançavam como se Olegário-Fecha-Olhos estivesse contando histórias para elas também.

QUARTA-FEIRA

Como estava chovendo forte! Mesmo dormindo, Djalma conseguia ouvir, e quando Olegário-Fecha-Olhos abriu a janela, deu para ver que a água chegava até o parapeito. Lá fora parecia um lago, e um lindo navio estava passando bem perto da casa.

– Gostarias de navegar comigo esta noite? – perguntou Olegário-Fecha-Olhos. – Veremos terras estrangeiras e voltaremos de manhã.

Em um instante, lá estava Djalma, vestindo suas melhores roupas, no convés do nobre navio; o tempo ficou bom imediatamente.

Eles navegaram pelas ruas, contornaram a igreja, e por todo lado se esparramava o mar imenso.

Eles navegaram até que a terra sumiu, e então viram um bando de cegonhas que tinha deixado o próprio país e viajava para climas mais quentes. As cegonhas voavam uma atrás da outra, e já fazia bastante tempo que estavam no ar.

Uma delas parecia tão cansada que suas asas mal conseguiam suportar seu peso. Logo, a ela ficou para trás. O tempo passava e ela voava cada vez mais baixo, com as asas batendo inutilmente, até que seus pés tocaram os cabos das velas; ela desceu deslizando pela lona até chegar ao convés, onde ficou parada. Um jovem marinheiro a pegou e abrigou no galinheiro, com as demais aves: galinhas, patos e perus. No meio deles, a coitada da cegonha se sentiu bem confusa.

– Olhem só pra esta aí – disseram as galinhas.

O peru se abriu todo, ficou do maior tamanho que conseguia e perguntou quem ela era, enquanto os patos gingavam de um lado a outro gritando "quac, quac".

A cegonha lhes contou sobre a África quentinha, sobre as pirâmides e os avestruzes, que corriam pelo deserto como cavalos selvagens. Mas os patos não entenderam nada do que ela disse e entre si comentaram:

– Quac, mas que boba! Sim, todos nós somos da mesma opinião, ela é muito tola.

– Sem dúvida, totalmente estúpida – concordou o peru, gorgolejando.

Então a cegonha ficou quietinha no canto, pensando em seu lar na África.

– Que pernas mais finas essas suas! Era muito caro comprar mais grossas? – o peru perguntou.

– Quac, quac, quac – gritaram os patos, mas a cegonha fingiu que não tinha ouvido.

– Pode rir – disse o peru –, porque minha piada foi boa mesmo. Ou você não entendeu? Ahaha, mas a cegonha é muito esperta, não é? Vai ser bem divertido para nós enquanto ela estiver por aqui – e gorgolejou, enquanto os patos grasnavam "quac, quac".

Que barulheira horrível eles fizeram enquanto se divertiram entre si!

Então Djalma foi até o galinheiro e, abrindo a porta, chamou pela cegonha. Voltaram juntos para o convés. Agora ela estava descansada, parecia contente e olhava para Djalma com olhos cheios de gratidão. Em seguida, abriu as asas e foi-se embora, voando alto rumo aos países quentes, enquanto as galinhas cacarejavam, os patos grasnavam e a cabeça do peru ficava rubra.

– Amanhã, vocês todos vão virar sopa! – Djalma disse às aves.

Em seguida ele acordou e estava deitado na própria cama.

Foi um passeio maravilhoso este que Olegário-Fecha-Olhos proporcionou naquela noite.

QUINTA-FEIRA

– Adivinha só o que eu tenho aqui – disse Olegário-Fecha-Olhos. – Não precisa ter medo; é um pequeno camundongo – ele esticou o braço e abriu a mão, na qual estava uma adorável criaturinha. – Ele veio convidar você para um casamento. Dois camundongos vão se casar hoje à noite. Eles moram debaixo do piso da despensa da sua mãe; deve ser um lugar muito bom.

– Mas como eu vou conseguir passar por um buraco de rato no chão? – o menino quis saber.

– Deixa comigo – Olegário-Fecha-Olhos respondeu. – Vou deixar você pequeno o suficiente para passar – e tocou Djalma com sua varinha mágica, reduzindo o menino cada vez mais, até que ele não era maior do que um dedo mindinho. – Agora, pegue emprestada a roupa do seu soldadinho de chumbo. Acho que vai servir. É sempre muito elegante trajar um uniforme quando se está em sociedade.

– Sem dúvida – respondeu o menino, e em um instante ele estava vestido com mais capricho do que o mais caprichoso dos soldadinhos de chumbo.

– Você faria a gentileza de sentar-se no dedal de sua mãe, para que eu possa ter a honra de conduzi-lo à cerimônia? – perguntou uma amiga da noivinha.

– Tem certeza de que quer ter todo este trabalhão, senhorita?

E assim ele rumou para o casamento. Primeiro, eles foram para debaixo do piso; depois, atravessaram uma passagem que tinha um teto tão baixo que o dedal mal passava; o caminho todo era iluminado por lascas de madeira podre.

– O cheiro não está delicioso? – a amiga perguntou, conduzindo o menino. – A parede e o chão foram encerados com casca de toucinho; nada poderia ser melhor.

Não demorou muito e eles chegaram ao salão. À direita estavam todas as senhoritas, cochichando e rindo como se estivessem brincando. À esquerda estavam os cavalheiros, alisando as suíças e patas dianteiras. No centro do saguão estava o casal, lado a lado sobre uma casca de queijo, trocando beijinhos enquanto todos os olhares se concentravam neles.

Mais e mais amigos continuavam chegando, até que os camundongos começaram a correr o risco de serem pisoteados até a morte, pois o par romântico estava junto à porta e ninguém teria como passar.

O local tinha sido esfregado com toucinho como a passagem, e essa foi toda a comida oferecida aos convidados. Porém, de sobremesa, passaram uma ervilha, na qual um camundongo tinha feito, com os dentes, as iniciais dos nomes do casal de noivos. Aquilo era bastante incomum. Todos afirmaram que tinha sido um casamento lindo e que haviam se divertido muitíssimo.

Depois Djalma voltou para casa. Sim, ele havia estado nas altas rodas, mas isso o tinha forçado a se arrastar debaixo da despensa e ser encolhido a ponto de caber no uniforme de um soldadinho de chumbo.

SEXTA-FEIRA

– É incrível a quantidade de gente mais velha que adoraria receber minha visita à noite – disse Olegário-Fecha-Olhos. – Especialmente aqueles que fizeram alguma coisa errada. Eles me dizem: "Ah, bom e velho Olegário, nós não conseguimos pregar os olhos! Ficamos acordados a noite inteira vendo nossas más ações sentados na nossa cama, como diabinhos, espirrando água fervente em nós. Você não poderia vir expulsá-los? Precisamos de uma boa noite de descanso". Eles dão longos suspiros e depois dizem: "Nós lhe pagaremos com muito gosto. Boa noite, velho Olegário, o dinheiro está na janela". Mas eu nunca faço nada em troca de ouro.

– O que vamos fazer hoje à noite? – Djalma perguntou.

– Não sei se você estaria interessado em ir a mais um casamento – respondeu Olegário-Fecha-Olhos. – Embora seja um bem diferente daquele que vimos na noite passada. O maior boneco da sua irmã, que se veste como um homem e se chama Herman, pretende se casar com a boneca Bertha. Hoje é também aniversário das bonecas, e elas vão ganhar vários presentes.

– Sim, disso eu já sei – Djalma respondeu. – Minha irmã sempre deixa que as bonecas façam aniversário, ou que se casem, quando estão precisando de roupas novas. Isso já aconteceu umas cem vezes, tenho certeza.

– Sim, pode ser; mas hoje será o centésimo primeiro casamento, e será o último, portanto, vai ser incrivelmente belo. Apenas observe.

Djalma olhou para a mesa e lá estava a caixa de papelão que era a casa das bonecas, com luzes acesas em todas as janelas, e diante dela estavam os soldadinhos de chumbo, apresentando armas.

O casal de noivos estava sentado no chão, apoiado contra a perna da mesa, parecendo muito pensativo, e com bons motivos. Então, Olegário--Fecha-Olhos, usando a camisola preta da avó, celebrou a união.

Assim que a cerimônia foi concluída, todos os móveis da sala se juntaram em um coro e cantaram uma canção linda, que havia sido composta pelo lápis e seguia a melodia de um toque de recolher militar:

Sopre, brisa suave, nosso caloroso adeus
Para onde os noivos vivem com os seus.
Muito justo e direitinho se encaixa o par
Que nova vida vai em breve começar.
Vivas! Vivas para o galanteador e sua amada
E que nosso eco os acompanhe em sua jornada.

Em seguida vieram os presentes. Mas o casal de noivos não tinha nada para comer, pois o amor era seu alimento.

– O que vamos fazer: ir para a casa de campo ou viajar? – perguntou o noivo.

Eles consultaram a andorinha, que já tinha viajado para bem longe, e depois a velha galinha do quintal, que já tinha criado cinco ninhadas de pintinhos.

E a andorinha conversou com eles sobre as terras mornas onde as uvas pendem em grandes cachos nas videiras, e o ar é delicado e suave, e sobre as montanhas que resplandecem com cores mais bonitas do que podemos imaginar.

– Mas nesses países eles não têm repolho vermelho como nós – disse a galinha. – Já estive no campo com meus filhos, certa vez, durante um verão inteiro. Havia um grande areal onde pudemos andar e ciscar à vontade. Em seguida, entramos em um jardim onde cresciam repolhos vermelhos. Ah, como era gostoso! Não consigo pensar em nada mais delicioso do que isso.

– Mas um talo de repolho é exatamente igual a qualquer outro – replicou a andorinha –, e aqui nós muitas vezes temos tempo ruim.

– Sim, mas estamos acostumados – a galinha respondeu.

– Porém, aqui faz muito frio, e de vez em quando até congela.

– Tempo frio é bom para os repolhos – retrucou a galinha. – Além do mais, às vezes temos tempo bom aqui também. Quatro anos atrás, tivemos um verão que durou mais de cinco semanas, e era tão quente que mal se podia respirar. Aqui não temos animais venenosos e não existe roubo. Quem não considera que o nosso país é a melhor terra do mundo deve ser um miolo mole e não deveria ter permissão para morar nele.

A galinha então começou a chorar copiosamente e acrescentou:

– Eu também já viajei. Uma vez, percorri quase vinte quilômetros dentro de uma gaiola, e não foi uma viagem nem um pouquinho agradável.

– A galinha é uma mulher sensata – disse a boneca Bertha. – Não vejo vantagem em viajar e subir as montanhas só para depois descer de novo. Não. Vamos para o areal em frente ao portão e lá faremos um passeio pelo jardim de repolhos.

E assim ficou decidido.

SÁBADO

– Eu não vou escutar mais histórias? – perguntou o pequeno Djalma, assim que Olegário-Fecha-Olhos o mandou para a cama.

– Hoje não temos mais tempo – ele respondeu, abrindo sobre a criança seu mais belo guarda-chuva. – Olhe para estes chineses.

E então o guarda-chuva tomou a aparência de uma grande tigela de porcelana, que exibia árvores azuis e pontes pontiagudas sobre as quais ficavam chineses pequeninos abanando a cabeça.

– Devemos deixar o mundo bem bonito para amanhã de manhã – disse Olegário-Fecha-Olhos –, pois será domingo, um dia sagrado. Agora, preciso ir até a torre da igreja para ver se os pequenos duendes que moram lá deram polimento nos sinos, para que soem com doçura; depois, tenho que ir até o campo conferir se o vento soprou para limpar a poeira da grama e das folhas; por fim, a tarefa mais difícil de todas que eu tenho a realizar é recolher todas as estrelas para dar brilho. Só que, antes de guardá-las no meu avental, tenho que anotar números nelas e nos buracos de onde cada uma saiu, para depois conseguir colocar todas de volta nos lugares certos. Caso contrário, elas não ficariam bem encaixadas e haveria uma chuva de estrelas cadentes, pois as estrelas tombariam uma após a outra.

– Ei, senhor Olegário-Fecha-Olhos! – disse uma antiga pintura pendurada na parede do quarto do menino. – Você me conhece? Eu sou o bisavô de Djalma. Eu lhe agradeço por contar histórias ao garoto, mas você não deveria confundir as ideias dele. As estrelas não podem ser retiradas do céu e polidas; estrelas são esferas como o nosso planeta Terra, o que é muito bom para elas.

– Agradeço, velho bisavô – respondeu Olegário-Fecha-Olhos. – Eu fico muito grato. O senhor pode ser o chefe da família, e sem dúvida é mesmo, e bem velho, mas eu sou mais velho ainda. Sou um pagão antiquíssimo. Os antigos romanos e os antigos gregos me chamavam de Deus do Sonho. Eu visitei as casas mais nobres, e continuo visitando, e sei muito bem como me comportar nas altas rodas e também nas baixas. Agora, continue o senhor mesmo a contar histórias – e com isso Olegário-Fecha-Olhos partiu, levando consigo os guarda-chuvas.

– Ora, ora, parece que uma pessoa nunca pode dar sua opinião – a pintura murmurou, e acordou o pequeno Djalma.

DOMINGO

– Boa noite – disse Olegário-Fecha-Olhos.

Djalma acenou, saiu da cama e virou o retrato do bisavô contra a parede, para que ele não os interrompesse, como na noite anterior.

– Agora – ele falou –, você me conta a história das cinco ervilhas que moravam em uma vagem, ou aquela da margarida que namorava o cravo, ou aquela da Agulha de Costura que era tão orgulhosa e se achava tão fina que pensava ser uma agulha de bordado?

– Você pode receber muita coisa boa – Olegário-Fecha-Olhos falou. – Mas você sabe que eu prefiro mostrar coisas a contar, então vou lhe mostrar meu irmão. Ele também se chama Olegário-Fecha-Olhos, mas só visita cada pessoa uma vez; quando faz a visita, leva a pessoa embora em seu cavalo e vai contando histórias ao longo da viagem. Meu irmão só conhece duas histórias. Uma delas é tão linda que ninguém no mundo conseguiria imaginar nada semelhante, mas a outra é simplesmente impossível descrever.

Então Olegário-Fecha-Olhos suspendeu Djalma até a janela.

– Espie. Ali está meu irmão, o outro Olegário-Fecha-Olhos; também o chamam de Morte. Note que ele não é tão feio quanto os livros mostram. Nas figuras dos livros, ele é retratado como um esqueleto, mas aqui ele tem esse casaco bordado com prata, usa esse maravilhoso uniforme de soldado antigo, e um manto de veludo negro que flutua atrás dele conforme o cavalo avança. E veja como ele galopa.

Djalma observou que, enquanto passava, este segundo Olegário-Fecha-Olhos ia apanhando velhos e moços e levando embora no cavalo. Alguns ele punha sentados na frente dele, e outros ele acomodava atrás, mas sempre, antes, ele perguntava:

– Como está o caderninho de apontamentos?

– Bom! – era o que todos respondiam.

– Certo, mas quero ver pessoalmente – ele dizia, e as pessoas eram obrigadas a entregar os cadernos.

Todos que tinham "muito bom" ou "ótimo" em seus cadernos eram colocados no cavalo na frente de Olegário-Fecha-Olhos e ouviam lindas histórias. Quando o caderno dizia "regular" ou "fraco", a pessoa era obrigada a sentar atrás. Elas gritavam e queriam saltar, mas não podiam, pois estavam presas à sela.

– Ora, o Olegário-Morte é esplêndido – disse Djalma. – Eu não tenho nenhum pouco de medo dele.

– Não precisa ter medo dele – respondeu Olegário-Fecha-Olhos –, só mantenha bons apontamentos no seu caderninho.

– Ora, ora, eu diria que isso foi muito instrutivo – murmurou o retrato do bisavô. – De vez em quando, é muito útil expressar uma opinião, afinal – e o retrato ficou muito satisfeito.

Essas são algumas das coisas que Olegário-Fecha-Olhos diz e faz. Espero que ele visite você esta noite e que possa contar mais.

OS CISNES SELVAGENS

Em uma terra muito, muito distante, para onde as andorinhas voam quando é inverno, vivia um rei que tinha onze filhos e uma filha. O nome dela era Eliza.

Os onze irmãos eram príncipes, e cada um ia para a escola levando uma estrela no peito e uma espada na cintura. Eles escreviam com lápis de diamante em lâminas de ouro, e aprendiam as lições tão depressa, e liam com tanta facilidade, que todos sabiam que eles eram príncipes. A irmã deles, Eliza, sentava-se em um banquinho de cristal e tinha um livro cheio de figuras, que tinha custado o equivalente a meio reino.

Muito felizes eram aquelas crianças, de fato, mas essa felicidade não ia durar muito, pois o pai delas, o rei, casou-se com uma rainha que não gostava nada de crianças e que se revelou uma feiticeira muito malvada.

A rainha começou a mostrar sua crueldade logo no primeiro dia. Enquanto grandes comemorações estavam ocorrendo no palácio, as crianças brincaram de receber convidados; mas a rainha, em vez de mandar para eles os bolos e as maçãs que haviam sobrado da festa, como era o costume na época, mandou xícaras com areia, dizendo que elas deveriam fingir que era alguma coisa gostosa. Na semana seguinte, ela despachou a pequena Eliza para o campo, para a casa de um camponês e sua esposa. E depois contou ao rei tantas mentiras sobre os jovens príncipes que ele se desinteressou dos filhos.

– Saiam para o mundo e cuidem de si mesmos – a rainha falou. – Voem como se fossem grandes pássaros sem voz.

Mas ela não conseguiu dificultar a vida deles tanto quanto gostaria, pois se transformaram em onze lindos cisnes. Com um grasnado bem esquisito, eles saíram pelas janelas do palácio, sobrevoando o parque e rumando em seguida para a floresta que ficava além.

Era bem cedinho quando passaram pela cabana do camponês, onde a irmã deles dormia em seu quarto. Eles pousaram no telhado, giraram os pescoços e bateram as asas, mas ninguém os viu nem ouviu, e por fim eles foram embora, subindo bem alto até as nuvens, e por cima do mundo voaram e voaram, até chegarem a um bosque denso e escuro que se prolongava até a praia.

A pobre Eliza estava sozinha no quarto do casal camponês, brincando com uma folha. Ela não tinha outros brinquedos. Eliza fez um furo na folha, e quando olhava para o Sol através dele, parecia que conseguia ver os olhos claros dos irmãos; quando o calor do Sol batia em suas bochechas, ela pensava em todos os beijos que eles lhe tinham dado.

Os dias eram todos iguais. Às vezes, o vento soprava as folhas das roseiras e sussurrava:

– Quem poderia ser mais linda do que vocês?

As rosas balançavam a cabeça e respondiam:

– A Eliza é.

E quando a velha camponesa se sentava à porta da cabana aos domingos, a fim de ler os hinos religiosos para ela, o vento soprava as folhas do livro e perguntava:

– Quem poderia ser mais bondosa do que você?

E o livro de hinos dizia:

– A Eliza.

E tanto as rosas quanto o livro de hinos falavam a verdade. Quando Eliza completou 15 anos, voltou para casa. Mas tinha se tornado uma mocinha tão bonita que a rainha-feiticeira foi tomada de inveja e raiva.

De sua vontade, ela teria transformado Eliza em um cisne também, como havia feito com os onze irmãos, porém, não se atrevia, por medo do rei.

Certa manhã, a rainha entrou no banheiro, que era feito de mármore e decorado com almofadas muito fofas, bordadas com a mais bela tape-çaria. A rainha levou três sapos com ela, e lá dentro os beijou, dizendo para o primeiro:

– Quando a Eliza entrar para tomar banho, sente-se na cabeça dela, para que se torne tão boba quanto você.

Para o segundo sapo ela falou:

– Ponha-se no rosto dela, para que fique tão feia quanto você e os amigos nem a reconheçam. E você fique sobre o coração – ela disse ao terceiro sapo –, para que ela faça maldades e sofra por isso.

Em seguida ela colocou os sapos dentro da água límpida, que ime-diatamente ficou esverdeada. Ela então chamou Eliza e a ajudou a se despir e a entrar na banheira.

Quando Eliza afundou na água, um dos sapos tocou seus cabelos, o outro, sua testa e o terceiro, o peito. Mas ela não pareceu notar, e quando saiu da água havia três papoulas vermelhas boiando. Se os sapos não fossem venenosos, ou se a rainha-feiticeira não os tivesse beijado, te-riam virado rosas vermelhas. Seja como for, os sapos se tornaram flores porque tinham encostado na cabeça e no coração de Eliza, que era bon-dosa demais e inocente demais para que a feitiçaria da rainha tivesse algum efeito sobre ela.

Quando a rainha viu aquilo, ficou furiosa e esfregou o rosto de Eliza com suco de nogueira, para que sua pele ficasse manchada; depois em-baraçou o lindo cabelo dela e ainda ensebou os nós com uma substância nojenta, até que ficou impossível reconhecer a menina.

O rei ficou chocado e declarou que ela não era sua filha. Somente o cão de guarda e as andorinhas sabiam que era ela, mas eles eram apenas pobres animais e não tinham como dizer nada. A coitada da Eliza cho-rou muito e pensou nos onze irmãos, tão distantes dali.

Com imensa tristeza e o coração pesado, ela partiu do palácio. Caminhou o dia inteiro, cruzou campos e atravessou brejos, até que chegou a uma grande floresta. Ela não sabia onde estava nem que direção tomar; só sabia que estava muito infeliz e com muita saudade dos irmãos, que, como ela, tinham sido expulsos de casa e jogados no mundo. Eliza estava determinada a encontrá-los.

Fazia pouco tempo que ela estava na floresta quando a noite chegou e o caminho sumiu de vista. Então ela se deitou no musgo macio, fez sua prece noturna e apoiou a cabeça em um toco de árvore. A natureza estava silenciosa e o ar fresco soprava suavemente. Centenas de vaga-lumes brilhavam como fogo verde por entre a relva e acima do musgo; se ela tocasse um graveto, mesmo com a maior delicadeza, os insetos reluzentes cairiam ao seu redor como se fossem estrelas cadentes.

Durante toda a noite ela sonhou com os irmãos. Imaginou que eram crianças de novo, brincando juntas. Ela os viu escrevendo com seus lápis de diamante em lâminas de ouro, enquanto olhava o lindo livro de figuras que tinha custado metade de um reino. Os meninos não estavam escrevendo letras soltas, como antes, e sim descrições das atitudes nobres que tinham tido, e sobre tudo o que haviam descoberto e visto. No livro de figuras, também, tudo estava vivo. Os pássaros cantavam e as pessoas saíam das páginas para conversar com Eliza e os irmãos; mas quando as páginas eram viradas eles voltavam a seus lugares, para que tudo ficasse em ordem.

Quando Eliza acordou, o Sol já estava alto no céu. Ela não conseguia enxergá-lo, por causa dos muitos galhos das árvores imponentes, mas alguns raios atravessavam as folhas aqui e ali, como uma névoa dourada. A folhagem emanava um perfume adocicado, e as aves se aproximavam até quase tocar seus ombros. Dava para ouvir uma porção de nascentes gotejando, fluindo para um lago de areias douradas. Em volta dele cresciam arbustos, e em certo ponto da margem, onde uma corça havia feito uma abertura, Eliza entrou na água.

O lago era tão límpido que, se o vento não agitasse os galhos das árvores e as folhas dos arbustos, que por isso estavam se mexendo, pareceria uma pintura, pois cada folha, na sombra ou no sol, estava refletida na água.

Quando Eliza viu o próprio reflexo, ficou em pânico ao descobrir que seu rosto estava tão feio e todo manchado; ela molhou as mãos e esfregou os olhos, a testa e as bochechas, e a pele alva ressurgiu. E depois que ela se despiu, mergulhou e se lavou, uma princesa mais linda não poderia ser encontrada em lugar nenhum do vasto mundo.

Assim que ela estava vestida de novo e com o longo cabelo escovado, partiu para a nascente borbulhante e bebeu um pouco de água fazendo uma concha com as mãos. Em seguida, saiu vagando pela floresta, sem saber ao certo para onde ia. Pensava nos irmãos, no pai e na mãe, e tinha certeza de que Deus não a abandonaria. É Deus quem faz crescer a maçã que brota nas florestas para satisfazer o apetite dos famintos, e Ele mostrou a ela uma dessas macieiras, que estava tão carregada de frutas que os galhos até se curvavam de tanto peso. Ali ela fez sua refeição do meio-dia e, depois de fincar uma estaca de apoio ao galho, partiu rumo às profundezas sombrias da floresta.

Estava tudo tão silencioso que ela ouvia os próprios passos, assim como o estalo de cada folha ressecada que ela esmagava com os pés. Não havia um passarinho à vista, e nenhum raio de sol conseguia atravessar o denso emaranhado de galhos escuros. Os troncos altíssimos ficavam tão perto uns dos outros que, olhando em frente, Eliza tinha a impressão de estar cercada por treliças. Uma solidão como aquela jovem jamais havia conhecido!

A noite foi muito escura, nem um só pirilampo brilhava no musgo. Em grande melancolia, Eliza se deitou para dormir. Após algum tempo, ela teve a impressão de que os galhos se abriam acima de sua cabeça e que olhos suaves de anjos a espreitavam lá do céu.

Pela manhã, ela já não tinha muita certeza de ter vivido ou sonhado aquilo. Retomou a caminhada e, antes que tivesse se afastado muito, encontrou uma senhora que carregava amoras em um cesto e que deu a ela um punhado para comer. Eliza perguntou se a senhora por acaso tinha visto onze príncipes passando pela floresta.

– Não – a senhora respondeu –, mas ontem eu vi onze cisnes com coroas de ouro nadando ali perto no rio.

Então ela levou Eliza até um barranco íngreme, aos pés do qual corria um riacho. Nas duas margens, as árvores esticavam os longos galhos folhosos por cima da água, até se tocarem; onde os galhos eram muito curtos para se encontrarem, as raízes haviam se levantado um pouco do chão, para permitir que as folhas se entrelaçassem e formassem um arco por cima da água.

Eliza agradeceu e se despediu da boa senhora. Continuou andando ao lado do rio até chegar à praia que dava para o mar aberto. E lá, bem diante de seus olhos, estava o oceano glorioso. Mas não havia nenhuma vela na superfície, nem mesmo um barquinho. Como ela poderia prosseguir? Eliza notou que os incontáveis seixos haviam sido arredondados pela ação da água. Vidro, ferro, pedras, tudo que estava reunido ali tinha sido moldado pela mesma força, até ficar suave como as mãos dela.

– A água vem e vai sem descanso – ela falou –, até que o difícil fica suave e as pontas ficam arredondadas. Muito obrigada pela preciosa lição, ondas lindas e brilhantes; meu coração me diz que um dia vocês me levarão até meus irmãos queridos.

Sobre algas marinhas cobertas de espuma, Eliza encontrou onze penas de cisne; ela as recolheu e levou consigo. Havia respingos nelas, mas, se eram gotas de orvalho ou de lágrimas, ninguém poderia dizer. A praia era deserta, mas não tinha consciência disso, porque o mar, em seu eterno movimento, mostrava mais mudanças em poucas horas do que o lago mais variado poderia produzir em um ano inteiro. Quando surgia uma nuvem carregada e cor de chumbo, era como se o mar dissesse: "Eu também posso ficar escuro e bravo"; depois o vento soprava, e as ondas ficavam brancas ao rolar para a praia. Quando parava de ventar e as nuvens ficavam incandescentes à luz do entardecer, o mar parecia uma pétala de rosa. Ele, de vez em quando, ficava verde e às vezes branco. Porém, mesmo quando o mar estava calmo, as ondas vinham incansavelmente até a areia, subindo e descendo como o peito de uma criança adormecida.

Quando o Sol estava prestes a se pôr, Eliza viu onze cisnes com coroas de ouro voando em direção à terra, um atrás do outro, formando uma longa faixa branca. Ela desceu a encosta da praia e se escondeu atrás de uns arbustos. Os cisnes pousaram bem perto dali, batendo as enormes asas. Assim que o Sol se escondeu atrás do mar, as penas dos cisnes caíram, e onze belos príncipes, os irmãos de Eliza, estavam ao seu lado.

Ela deu um grito, pois, embora eles tivessem mudado bastante, ela os reconheceu de imediato. Correu para os braços deles chamando cada um pelo nome. Felicíssimos ficaram os príncipes ao rever sua irmãzinha; eles também a reconheceram logo, apesar de ela ter crescido muito e ficado ainda mais bonita. Eles riram e choraram, e cada um comentou com todos os demais como haviam sido maltratados pela madrasta, a rainha-feiticeira.

– Nós, os rapazes – o mais velho contou a ela –, voamos como cisnes selvagens enquanto há sol, porém, assim que ele se põe atrás das montanhas, recuperamos nossa forma humana. Por isso, precisamos sempre estar próximos a um lugar de repouso antes que anoiteça, pois, se estivéssemos perto das nuvens ao recuperar a forma humana, cairíamos no mar e afundaríamos.

– Nós não moramos aqui – ele continuou –, e sim em uma terra tão bonita quanto, mas que fica muito distante, do outro lado do oceano; o caminho é longo e não há nenhuma ilha onde possamos passar a noite. Só existe uma rocha que desponta do mar, e sobre ela, mesmo amontoados bem juntinhos, nós mal cabemos sem cair. Mesmo assim, agradecemos a Deus por aquela rocha, pois já passamos noites inteiras lá. Se não fosse por ela, jamais conseguiríamos alcançar nossa amada pátria, pois o voo de um lado ao outro do mar leva dois dias.

– Nós temos permissão de visitar nossa casa uma vez por ano e podemos ficar durante onze dias – prosseguiu o irmão mais velho. – Sempre que chegamos, voamos por cima da floresta e vamos mais uma vez admirar o palácio onde nosso pai mora e nós nascemos, e ver a igreja sob a qual está enterrada nossa mãe. Até as árvores e os arbustos parecem ser nossos parentes. Os cavalos selvagens ainda correm pelas planícies como faziam na nossa infância. Os carvoeiros cantam as mesmas canções que nós, quando crianças, usávamos como acompanhamento para dançar. Este é nosso país amado, ao qual estamos ligados por laços de amor, e onde encontramos você, nossa adorada irmãzinha. Podemos ficar aqui mais dois dias, e depois somos obrigados e ir embora para a bela terra onde vivemos, mas que não é nosso país. Agora: como vamos conseguir levar você conosco? Não temos navio nem barco.

– Como quebrar este encantamento? – a irmã respondeu, com outra pergunta, e sobre isso eles debateram a noite inteira, mal cochilando por umas poucas horas.

Eliza foi acordada pelo farfalhar de asas de cisne soando acima dela. Os irmãos estavam de novo transformados em pássaros. Eles voavam em círculos cada vez mais largos, até que se distanciaram muitíssimo; apenas um deles, o caçula, ficou para trás; ele pousou a cabeça no colo da irmã e ela lhe fez carinho. Ficaram juntos o dia todo.

Ao entardecer, os demais voltaram, e quando o Sol se pôs, os príncipes voltaram à forma humana.

– Amanhã – um deles falou – nós temos que partir, e não poderemos retornar até que um ano inteiro tenha passado. Mas não podemos deixar você aqui. Eliza, você tem coragem de vir junto? Meu braço é forte o suficiente para carregar você através da floresta; será que as asas de todos nós não serão suficientes para sustentar seu peso por sobre o mar?

– Sim, levem-me com vocês – Eliza respondeu.

Eles então passaram a noite fazendo uma rede grande e bem forte, tecida a partir do junco e das hastes flexíveis do salgueiro. Nesta rede Eliza se deitou para dormir, e quando o Sol raiou e os irmãos viraram cisnes, eles pegaram a rede com os bicos e voaram até as nuvens com a irmã amada e ainda adormecida. Quando os raios de sol lhe bateram no rosto, um dos cisnes passou a voar acima dela, de modo que as amplas asas lhe oferecessem sombra.

O bando estava bem longe da terra quando Eliza acordou. Ela achou que ainda estava dormindo, de tão estranho que era ser carregada bem alto no céu, por cima do mar. A seu lado, ela encontrou um galho repleto de frutas maduras e um feixe de raízes doces. O irmão mais novo tinha colhido e deixado lá. Eliza sorriu para ele em agradecimento, sabendo que era o mesmo cisne que havia pairado acima dela para com suas asas protegê-la do sol. Eles estavam tão no alto agora que um navio enorme lá embaixo parecia uma simples gaivota brincando nas ondas. Uma grande nuvem atrás deles parecia uma montanha bem alta; nesta nuvem Eliza viu a própria sombra e a sombra dos onze cisnes como se fossem coisas voadoras gigantescas. Todos esses elementos reunidos formavam a imagem mais maravilhosa que ela jamais havia visto, mas quando o Sol subiu ainda mais, as nuvens ficaram para trás e todo o quadro desapareceu.

Durante todo o dia eles voaram como setas equipadas com asas, mas, mesmo assim, mais lentamente do que o habitual, pois tinham a irmã para carregar. O tempo começou a mudar e Eliza observava com grande angústia a aproximação do poente, já que a pequena rocha no oceano ainda nem estava à vista. Parecia a ela que os cisnes estavam no limite de suas forças. Coitados deles pelo desgaste e coitada dela por ser a causa de eles não avançarem mais depressa. O Sol iria se pôr a qualquer momento, eles virariam homens, cairiam no mar e se afogariam.

Ela fez uma prece com toda a fé, mas ainda assim rocha nenhuma apareceu. Nuvens escuras se aproximavam, as rajadas de vento anunciavam uma tempestade a caminho, enquanto de uma grossa massa de nuvens raios riscavam o céu, produzindo um clarão após o outro. O Sol tocou a borda do mar, e, quando os cisnes baixaram, o coração de Eliza até falhou; ela achou que estavam caindo, mas eles subiram de novo e continuaram em frente.

Pouco depois, quando metade do Sol já estava escondida pelas ondas, Eliza viu a rocha abaixo deles. Não parecia maior do que a cabeça de uma gaivota despontando da água. O Sol desceu tão rápido que, no momento em que os pés deles tocaram a rocha, ele brilhava apenas como uma estrela noturna, e por fim desapareceu como uma brasa que morre em um pedaço de papel queimado. Os onze irmãos fizeram um círculo ao redor de Eliza e entrelaçaram os braços; não havia um centímetro de superfície a desperdiçar. O mar batia contra a rocha e os cobria de borrifos. O céu estava continuamente iluminado pelos clarões dos raios, enquanto trovões ribombavam nas nuvens. Mas os doze se deram as mãos e entoaram hinos religiosos.

No início da madrugada tudo se acalmou, e o ar ficou tranquilo e sereno; quando o Sol nasceu, os cisnes partiram da rocha, levando a irmã com eles. O mar ainda estava agitado. Da grande altura em que voavam, os cisnes enxergavam a espuma branca contra as ondas verdes como se fossem outros milhões de cisnes nadando. Quando o Sol subiu mais, Eliza viu diante de si, flutuando no ar, uma cadeia de montanhas com massas brilhantes de neve nos picos. No centro delas erguia-se um castelo que aparentava ter um quilômetro de comprimento, com fileiras de colunas umas em cima das outras, enquanto no entorno palmeiras balançavam suavemente, e cresciam flores enormes como rodas de moinho. Ela perguntou se aquela era a terra para onde eles estavam indo. Os cisnes balançaram a cabeça, levando Eliza a concluir que aqueles eram os lindos e mutantes palácios de nuvem da Fata Morgana, nos quais nenhum mortal pode entrar.

Eliza estava ainda admirando a cena quando montanhas, florestas e castelos desapareceram; vinte igrejas das mais imponentes surgiram em seu lugar, com torres altas e pontudas e janelas ao estilo gótico. Ela teve a impressão de escutar a melodia do órgão, mas a música era o murmúrio do mar. Conforme se aproximavam das igrejas, elas também se modificaram e viraram uma frota de navios que parecia navegar abaixo dela; então ela olhou de novo, e só o que havia acima das ondas era a bruma marinha.

Uma cena foi se fundindo à seguinte até que eles afinal chegaram à verdadeira terra à qual estava ligados, com suas montanhas azuis, florestas de cedros, e suas cidades e palácios. Muito antes do pôr do sol, Eliza estava sentada em uma pedra em frente a uma grande caverna, cujo solo era repleto de plantas verdes e delicadas, formando um carpete bordado.

– Agora, esperamos ouvir seu sonho desta noite – disse o irmão caçula, mostrando para a irmã o quarto onde ela iria dormir.

– Que Deus me ajude a sonhar com um modo de libertar todos vocês – ela respondeu.

Esse pensamento se agarrou firmemente à menina, e ela rezou com toda a força pedindo a ajuda de Deus, e continuou rezando até durante o sono. Foi quando lhe pareceu estar voando muito alto no céu, em direção ao palácio de nuvens da Fata Morgana, e que uma fada vinha a seu encontro, linda e radiante, mas mesmo assim muito parecida com a senhora que, na floresta, havia contado sobre os cisnes com coroas de ouro.

– Seus irmãos podem ser libertados da feitiçaria – ela falou –, basta que você demonstre coragem e perseverança. A água é mais suave do que as suas delicadas mãozinhas, e mesmo assim ela é capaz de moldar e dar polimento a pedras. Mas a água não sente dor, como seus dedos sentem; a água não tem alma e não sofre as agonias e os tormentos que você terá de suportar. Está vendo esta urtiga que trago nas mãos, cheia de pelos que queimam? Uma grande quantidade do mesmo tipo cresce ao redor da caverna onde você está dormindo, mas só elas, e as que crescem nos pátios das igrejas, poderão ser úteis a você. Você deve colhê-las, mesmo que provoquem bolhas em suas mãos, e depois amassar com as mãos e os pés até que só restem as fibras. Estas fibras você deverá usar para tecer e tricotar onze casacos de mangas longas; se eles forem jogados por cima dos onze cisnes, o encantamento será quebrado. Mas lembre-se bem: a partir do momento em que você começar, e até terminar, mesmo que a tarefa ocupe muitos anos da sua vida, você não pode dizer uma só palavra. A primeira palavra que você disser irá perfurar o coração de seus irmãos como uma adaga mortífera. A vida deles depende da sua língua. Lembre-se do que estou dizendo.

Assim que acabou de falar, ela tocou a mão de Eliza bem de leve com a urtiga, e a dor da queimadura despertou a menina.

Já era dia feito, e perto de Eliza estava uma urtiga como a que ela havia visto no sonho. Ela caiu de joelhos e agradeceu a Deus, e depois saiu da caverna para começar o árduo trabalho com suas delicadas mãos. Ela tateou no meio dos arbustos, que queimavam a pele e provocavam grandes bolhas nas mãos e braços dela, mas estava determinada a suportar a dor com alegria, se com isso pudesse libertar os irmãos. Eliza amassou a urtiga com os pés descalços e teceu as fibras.

Ao pôr do sol os irmãos voltaram, e ficaram bastante assustados por ela não falar. Eles acreditaram que ela estava sob o efeito de alguma magia, porém, quando olharam para as mãos da irmã, compreenderam o que ela estava fazendo em benefício deles. O caçula chorou, e onde suas lágrimas caíram a dor cessou e as bolhas de queimadura sumiram. Eliza trabalhou a noite toda, incapaz de qualquer repouso enquanto não libertasse os irmãos. Durante o dia seguinte inteiro, enquanto os irmãos estavam fora, ela ficou sentada na maior solidão, mas nunca antes as horas tinham passado tão rápido.

Um casaco já estava terminado e Eliza começou um segundo, quando soou o berrante de um caçador e ela ficou paralisada de medo. Conforme o som chegava mais perto, ela ouviu também cães latindo furiosamente e fugiu para dentro da caverna. Juntou correndo as urtigas que havia recolhido e sentou em cima. Em um instante, saltou da ravina e pulou na direção dela um cachorro enorme, depois outro e mais outro; eles andavam de um lado a outro rosnando e latindo, até que, alguns minutos depois, todos os caçadores estavam diante da caverna. O mais bonito entre eles era o rei daquele país; ao ver a linda senhorita, avançou em sua direção dizendo:

– Como foi que você veio parar aqui, minha doce criança?

Eliza abanou a cabeça. Ela não se atrevia a falar, pois isso custaria a libertação e a vida dos irmãos. E escondeu as mãos, para que o rei não visse seus ferimentos.

– Venha comigo – ele disse. – Aqui você não pode ficar. Se for tão bondosa quanto é bonita, vou vesti-la de seda e veludo, porei uma coroa de ouro em sua cabeça, e você irá governar meu maior castelo e dele fazer sua casa – então ele a suspendeu até a garupa do cavalo; Eliza chorou e torceu as mãos, mas o rei disse: – Eu só quero o seu bem. Um dia, você vai me agradecer por isso.

Ele galopou pelas montanhas, segurando-a à sua frente no cavalo, e os demais caçadores seguiram. Quando o Sol se pôs, eles entraram em uma cidade nobre, agradável, com igrejas e domos. Chegando ao castelo, o rei a conduziu por salões de mármore, onde grandes fontes jorravam e todas as paredes e tetos eram cobertos de belíssimas pinturas. Mas Eliza não tinha olhos para todas aquelas visões gloriosas; só conseguia lamentar e chorar. Com toda a paciência, ela permitiu que as mulheres a arrumassem em seus trajes reais, que decorassem seus cabelos com pérolas e cobrissem com luvas macias seus dedos repletos de bolhas. Assim vestida com aquelas roupas finíssimas, ela ficou tão deslumbrante que a corte toda lhe fez uma profunda mesura.

O rei anunciou sua intenção de torná-la sua noiva, mas o arcebispo abanou a cabeça e cochichou que a bela jovem não passava de uma feiticeira, que havia cegado os olhos do rei e confundido seu coração. O rei, entretanto, não lhe deu ouvidos e mandou que tocassem música, que as refeições mais deliciosas fossem servidas e que as dançarinas mais formosas se apresentassem diante deles.

Mais tarde, ele a levou para passear por jardins perfumados e saguões suntuosos, mas nem o mais pálido sorriso surgiu nos lábios de Eliza, nem a mais tímida luz brilhou em seu olhar. Ela era o retrato da tristeza. Então o rei abriu a porta do pequeno quarto onde ela iria dormir. Estava enfeitado com uma rica tapeçaria verde e lembrava bastante a caverna onde ele a havia encontrado. No chão estavam as fibras que ela havia obtido das urtigas, e do teto pendia o primeiro casaco que tinha tricotado. Esses itens foram trazidos da caverna, por um dos caçadores, como curiosidades.

– Aqui você pode sonhar que está de volta ao seu antigo lar na caverna – o rei falou. – E aqui está o trabalho ao qual você vinha se dedicando. Você vai achar divertido agora, no meio de todo este esplendor, recordar aquela época.

Quando Eliza viu todas aquelas coisas a seu alcance, um sorriso brotou em seus lábios e o rubor coloriu sua face. Pensar nos irmãos e na libertação deles deu a ela tamanha alegria que beijou a mão do rei. Ele então a puxou para perto de si e a pressionou contra o peito.

Não demorou nada e as alegres badaladas dos sinos das igrejas estavam anunciando a festa de casamento; a bela e muda menina da floresta seria feita rainha do país. Uma única palavra bastaria para pôr fim à vida dos irmãos, mas ela amava o rei, o gentil e lindo rei, que fazia de tudo para torná-la feliz, mais e mais a cada dia. Ela o amava de todo o coração e seus olhos reluziam com a paixão que não ousava verbalizar. Ah, se ela pudesse se abrir com ele e contar sobre sua dor! Calada, porém, ela devia permanecer até o término da tarefa.

À noite, portanto, ela entrou no pequeno quarto que havia sido decorado para parecer a caverna e rapidamente tricotou um casaco após o outro. Entretanto, ao começar o sétimo, descobriu que não tinha mais fibras. Ela sabia que as urtigas que deveria usar cresciam no pátio da igreja e que ela deveria colhê-las pessoalmente. Mas como conseguiria chegar lá? "Ora, o que é a dor nos meus dedos comparada ao sofrimento do meu coração?", ela pensou. "Preciso me arriscar; não me será negada a ajuda dos Céus."

Então, com o coração aos pulos, como se estivesse prestes a fazer algo muito mau, Eliza se esgueirou até o jardim banhado pelo luar, andou por caminhos estreitos e ruas vazias até chegar ao pátio da igreja. Rezando em silêncio o tempo todo, colheu as urtigas e levou para o quarto do castelo.

Uma única pessoa a tinha visto, e era justamente o arcebispo; ele ficava acordado enquanto todos os demais dormiam. Agora ele tinha certeza de que sua suspeita estava correta: havia algo de muito errado com a rainha; ela era uma bruxa e havia enfeitiçado o rei e todos os súditos. Em segredo, ele contou ao rei o que tinha visto e confessou seus temores; enquanto as palavras saíam de sua boca, as imagens entalhadas dos santos abanavam a cabeça, como que dizendo: "Não, nada disso, Eliza é inocente".

Mas o arcebispo interpretou o sinal de modo oposto; ele achava que os santos estavam testemunhando contra Eliza e que abanavam a cabeça reprovando sua maldade. Duas grossas lágrimas desceram pelo rosto do rei. Ele voltou para casa com muitas dúvidas no coração, e à noite fingiu dormir. Nenhum sono verdadeiro chegava a seus olhos, pois toda noite ele via Eliza levantar e desaparecer do quarto. Dia a dia, seu semblante se tornava mais sombrio; Eliza percebia tudo, mas não entendia nada. Ela ficou alarmada e seu coração, sobressaltado pelos irmãos. As lágrimas quentes que ela derramava pareciam pérolas em seu régio vestido de veludo e diamantes, enquanto todas que olhavam para ela desejavam ser, elas mesmas, a rainha.

Enquanto isso, Eliza estava quase terminando o trabalho; só faltava um casaco para os irmãos, mas ela já não tinha fibras nem arbustos de urtiga. Mais uma vez, só mais uma e pela última vez, ela precisava se arriscar até o pátio da igreja para pegar mais um pouco. Lá foi ela, e o rei e o arcebispo a seguiram. O rei virou-se para o religioso e falou:

– O povo deve condená-la – e depressa ela foi condenada a morrer na fogueira.

Eliza foi levada para bem longe dos salões reais e jogada em uma cela escura e assustadora, onde o vento assobiava através das barras de ferro. Em substituição a seus belos vestidos de seda e veludo, deram-lhe os dez casacos tricotados para se cobrir, e os arbustos para usar de travesseiro. Nada que alguém pudesse ter lhe dado poderia tê-la feito mais feliz. Ela continuou o trabalho com alegria e rezou pedindo ajuda, enquanto lá embaixo os meninos cantavam músicas de zombaria, e ninguém apareceu para oferecer uma palavra de consolo.

Perto do fim do dia, ela ouviu o ruído característico do bater das asas de um cisne; era seu irmão caçula. Ele havia encontrado a irmã, e ela soluçou de alegria, apesar de saber que aquela era provavelmente sua última noite com vida. Ainda assim, ela mantinha alguma esperança, pois a tarefa estava quase terminada e seus irmãos tinham vindo.

Então o arcebispo chegou, conforme tinha prometido ao rei, para estar com Eliza durante as últimas horas de vida dela. Ela agitou a cabeça e suplicou, por olhares e gestos, que não ficasse, pois ela sabia que precisava terminar os casacos naquela noite, do contrário toda a dor, todas as lágrimas e todas as noites insones em que ela havia sofrido teriam sido em vão. O arcebispo se retirou, lançando palavras amargas contra Eliza, mas ela sabia que era inocente e continuou a se dedicar ao trabalho.

Pequenos camundongos corriam pelo chão, arrastando as urtigas até perto de Eliza, ajudando em tudo que podiam; um tordo, sentado no parapeito de fora da janela gradeada, cantou para ela a noite toda, com toda a doçura, para manter a prisioneira animada.

Ainda era madrugada, uma hora antes do raiar do Sol, quando os onze irmãos chegaram aos portões do castelo e exigiram ser levados à presença do rei. Foram informados de que aquilo era impossível, pois ainda estava escuro, o rei dormia e não poderia ser incomodado. Eles pediram, imploraram e ameaçaram, até que apareceram um guarda e até o rei em pessoa para ver o que significava aquela barulheira. Nesse momento o Sol nasceu, e os onze irmãos já não estavam ali; em seu lugar havia onze cisnes selvagens, que ficaram sobrevoando o castelo.

Agora, todas as pessoas estavam lotando as ruas da cidade para ver a bruxa queimar. Um velho cavalo puxava a carroça onde ela vinha sentada. Eles a tinham vestido com uma roupa grosseira, feita de tecido áspero. O lindo cabelo pendia solto até os ombros, suas faces estavam pálidas e seus lábios se moviam silenciosamente, enquanto os dedos ainda trabalhavam tecendo a fibra. Mesmo a caminho da morte ela não desistia da tarefa! Os dez casacos já prontos estavam a seus pés; ela trabalhava no décimo primeiro. Conforme a carroça avançava, a multidão caçoava:

– Lá vai a bruxa, olha como ela murmura! E não tem um livro de hinos religiosos em mãos; está lá sentada com o material horrível de seus feitiços. Vamos rasgar em mil pedacinhos!

Eles se aproximaram dela e sem dúvida teriam destruído os casacos se, bem nessa hora, onze cisnes selvagens não tivessem pousado na carroça. Eles agitaram freneticamente as enormes asas, a multidão se assustou e recuou, alarmada.

– É um sinal dos Céus sobre a inocência dela – murmuraram muitas vozes, mas sem a coragem de falar mais alto.

Quando o executor a tomou pela mão para ajudá-la a sair da carroça, ela rapidamente atirou os onze casacos por cima dos onze cisnes, e eles imediatamente se transformaram em onze belos príncipes; apenas o mais jovem tinha uma asa de cisne em lugar de um dos braços, pois Eliza não tinha conseguido terminar a última manga do casaco.

– Agora eu posso falar – ela exclamou. – Sou inocente!

Então o povo, que tinha testemunhado tudo, imediatamente se curvou diante dela como que diante de uma santa. Eliza, porém, tombou inconsciente nos braços dos irmãos, vencida pelo susto, pela angústia e pelo sofrimento.

– Sim, ela é inocente – disse o irmão mais velho, e relatou tudo que havia acontecido.

Conforme ele falava, subiu aos ares um perfume como que de milhões de rosas. Cada acha de lenha da pilha onde ela seria queimada criou raízes e floresceu, lançando galhos em todas as direções, até que a estrutura toda parecia uma cerca viva, larga e alta, coberta de rosas, enquanto no topo de tudo desabrochou uma flor branca e brilhante que reluzia como uma estrela. Esta flor o rei colheu e, quando a depositou no colo de Eliza, ela acordou do desmaio com paz e alegria em seu coração. Então todos os sinos das igrejas começaram a badalar sozinhos, e pássaros chegaram em bandos imensos. E uma procissão de casamento, como nenhum rei jamais teve antes, retornou ao castelo.

OS NAMORADOS

Um Pião e uma Bola ficavam perto um do outro, dentro de uma gaveta, em meio a outros brinquedos. Um dia, o Pião disse para a Bola:

– Já que passamos tanto tempo juntos, quer se casar comigo?

Mas a Bola, por ser feita de couro marroquino, achava que era uma dama da mais alta estirpe e não queria nem ouvir uma proposta daquelas. No dia seguinte, o menino a quem os brinquedos pertenciam veio até a gaveta; ele pintou o Pião de vermelho e amarelo e bateu um prego de latão bem no topo da cabeça do brinquedo; depois disso, ele girava de um modo muito estiloso.

– Olha pra mim – ele disse para a Bola. – O que me diz, agora? Por que não formar um casal e sermos marido e mulher? Nós fomos feitos um para o outro! Você sabe saltar e eu sei dançar. Não haveria um casal mais feliz no mundo inteiro!

– Você acha? – a Bola perguntou. – Bem, você talvez não saiba, mas meu pai e minha mãe eram chinelos marroquinos, e eu tenho cortiça espanhola no corpo!

– Sim, mas por outro lado eu sou feito de mogno – respondeu o Pião. – E foi o prefeito, pessoalmente, que me torneou. Ele tem um torno próprio e teve o maior prazer em me fabricar.

– Posso confiar no que você está dizendo? – a Bola quis saber.

– Que eu nunca mais gire, se não estiver falando a verdade – devolveu o Pião.

– Você defendeu bem o seu ponto de vista, mas não sou livre para aceitar sua proposta – disse a Bola. – Acontece que sou noiva de uma andorinha. Toda vez que estou bem alto no ar, ele põe a cabeça para fora do ninho e pergunta: "Você aceita?". Em meu coração, eu respondi sim para ele, e isso é quase a mesma coisa que um noivado; mas prometo nunca me esquecer de você.

– Ora, mas de que me serve isso? – lamentou o Pião, e eles deixaram de se falar.

No dia seguinte, a Bola foi tirada da gaveta. O Pião viu que ela voava como um pássaro, tão alto que quase sumia das vistas. Ela voltou, mas, a cada vez que batia no chão, dava um pulo maior do que antes. Isso pode ter sido ou por sua vontade de subir cada vez mais alto, ou porque tinha cortiça espanhola no corpo. Na nona vez, a pequena Bola não retornou. O menino procurou e procurou, mas em vão, pois ela havia desaparecido.

– Eu sei muito bem aonde ela foi – o Pião suspirou. – Ela está no ninho da andorinha comemorando o casamento deles.

Quanto mais o Pião pensava nisso, mais a Bola lhe parecia adorável; o fato de ela não ter concordado em ficar noiva dele fazia com que seu amor ficasse cada vez mais forte. Ela havia preferido outro, mas ele não conseguia esquecê-la. Ele girava e rodopiava, rodando e zunindo, mas nunca deixava de pensar na Bola, que ficava mais bonita quanto mais ele pensava nela. E assim se passaram muitos anos; era um amor antigo agora, e o Pião não era mais um jovem.

Um dia, ele foi pintado de dourado; nunca em sua vida ele tinha possuído nem metade daquela beleza. Agora era um pião dourado, e com grande ímpeto ele girou, zunindo muito. Mas então tomou impulso demais e sumiu!

Procuraram por ele em todos os lugares, até no sótão, mas ele não pôde ser encontrado em lado nenhum. Onde estaria o Pião?

Ele tinha pulado para dentro da lixeira, e lá se encontrava entre talos de repolho, sujeiras varridas da casa, poeira e todo tipo de porcaria que tinha caído da calha do telhado.

– Pobre de mim; minha pintura tão alegre vai ficar estragada bem depressa aqui. Onde fui me meter! Que tipo de resto será este que me cerca?

O Pião reparou em um longo talho de repolho que estava bem pertinho dele e em uma coisa estranha, redonda, que parecia uma maçã, mas não era. Era uma velha Bola, que devia ter passado muitos e muitos anos na calha e sido repetidas vezes encharcada de chuva.

– Ah, que sorte! Finalmente, encontro um semelhante; um do mesmo tipo que eu, com quem agora posso conversar – a Bola falou, olhando séria para o Pião dourado. – Eu sou feita de verdadeiro couro marroquino, fui costurada pelas mãos de uma jovem dama, e em meu corpo há cortiça espanhola; se bem que, olhando pra mim agora, ninguém imaginaria isso. Eu estava muito perto de me casar com a andorinha quando, por um infeliz acaso, caí na calha. Fiquei lá presa por cinco anos, sendo ensopada quase o tempo todo. Você bem pode imaginar como foi desagradável para uma mocinha da minha categoria.

O Pião não respondeu. Quanto mais pensava em seu antigo amor, quanto mais escutava, mais certeza tinha de que era ela.

Então chegou a faxineira para esvaziar a lixeira.

– Ora essa! Mas aqui está o Pião dourado!

E assim o Pião foi levado de volta à sala dos brinquedos, para ser usado e festejado como antes, enquanto da Bola nunca mais ninguém ouviu falar.

O Pião jamais tornou a falar sobre seu antigo amor; o sentimento deve ter passado. Não há nada de estranho em um amor que passa, quando o objeto desse amor ficou cinco anos molhado em uma calha e foi encontrado, depois, dentro de uma lixeira.

OS SAPATOS VERMELHOS

Era uma vez uma menininha muito bonita e delicada. Ela era tão pobre que no verão ia para a escola descalça e, no inverno, calçava sapatos rústicos de madeira, que deixavam seus pezinhos machucados e vermelhos.

No centro do vilarejo, vivia a esposa de um velho sapateiro. Certo dia, esta boa senhora pegou umas tiras velhas de tecido vermelho e com elas fabricou um par de sapatinhos. Fez o melhor que pôde, mas a verdade é que eles não ficaram nada bons; porém, desajeitados ou não, serviram razoavelmente bem na menininha, e de qualquer forma a intenção da senhora tinha sido boa. O nome da menina era Karen.

No mesmo dia em que Karen ganhou os sapatos, a mãe dela iria ser enterrada. Os sapatos não eram nem um pouco adequados para uma roupa de luto, mas ela não tinha outros, então os calçou assim mesmo e acompanhou o caixão, muito básico e sem enfeites, até seu local de descanso.

Enquanto ela andava atrás do caixão da mãe, passou uma carruagem grande e antiga, e a senhora que ia lá dentro viu a menininha e teve pena dela.

– Entregue a criança para mim – ela disse ao sacerdote. – Eu vou tomar conta dela.

Karen achou que aquilo tinha acontecido por causa dos sapatos vermelhos, mas a verdade é que a senhora os achava horríveis e mandou que fossem queimados. Karen foi vestida com roupas limpas e do tamanho certo, e foi ensinada a ler e a costurar. As pessoas lhe diziam que ela era bonita, mas o espelho falava:

– Você é muito mais do que bonita, você é linda.

Pouco depois disso, aconteceu de a rainha e sua filha, a princesa, estarem viajando e passarem por aquele lugar. Todas as pessoas do vilarejo, e Karen entre elas, rumaram em direção ao castelo e se amontoaram em volta dele, enquanto a pequena princesa, toda vestida de branco, ficava à janela para que todos pudessem vê-la. Ela não usava tiara nem coroa, mas em seus pés havia lindos calçados de couro marroquino vermelho que eram, precisamos admitir, muito mais bonitos do que aqueles que a esposa do sapateiro havia confeccionado para a pequena Karen. Nada no mundo poderia ser comparado aos calçados vermelhos da princesinha.

Agora que Karen tinha idade suficiente para ser crismada, naturalmente precisaria de um vestido especial e de novos sapatos. O melhor sapateiro da cidade a recebeu na própria casa para tirar as medidas; no quarto onde estavam, havia grandes caixas de vidro contendo todo tipo de sapatos finos e botas lustrosas. Era uma visão e tanto, mas a senhora não enxergava muito bem, e por isso não achou a cena tão extraordinária quanto Karen. Entre os calçados, havia um par vermelho exatamente igual ao usado pela princesa. Ah, como eram belos aqueles sapatos! O sapateiro contou que tinham sido confeccionados para a filha de um conde, porém, não haviam servido muito bem.

– São feitos de couro polido, para brilhar tanto assim? – a senhora perguntou.

– É verdade, eles brilham muito – respondeu Karen.

Como serviram nela, foram comprados. Mas a senhora não fazia ideia de que eram vermelhos, pois, se tivesse percebido isso, jamais teria permitido que Karen fosse à crisma com eles, como de fato foi. Todo mundo, é claro, ficou olhando para os sapatos de Karen; e, enquanto percorria o corredor até a capela principal, ela teve a impressão de que até as figuras antigas dos monumentos, os quadros dos sacerdotes e suas esposas, com seus trajes de gola alta e mantos negros, estavam fixados em seus sapatos. Mesmo quando o bispo pousou a mão na cabeça dela e falou sobre seu pacto com Deus e sobre como ela, agora, deveria passar a ser uma cristã plenamente adulta, e quando o órgão começou a tocar solenemente e as vozes frescas e doces das crianças se uniram às do coro, Karen não pensava em nada além de seus sapatos.

Naquela tarde, quando a senhora começou a ouvir todos comentando sobre os sapatos vermelhos, ela disse que aquilo era muito chocante e impróprio, e que, no futuro, sempre que Karen fosse à igreja, deveria calçar sapatos pretos, mesmo se fossem velhos.

No domingo seguinte foi a primeira comunhão de Karen. Ela olhou para seus sapatos pretos, depois para os vermelhos, de novo para os pretos e novamente para os vermelhos; e calçou os vermelhos.

O Sol brilhava forte e Karen e a velha senhora caminharam para a igreja atravessando os campos de milho, uma vez que as ruas estavam muito poeirentas.

À porta da igreja estava um velho soldado apoiado em muletas; ele tinha uma barba maravilhosamente longa que não era branca, e sim vermelha. Ele se curvou quase até o chão e pediu à velha senhora permissão para escovar o pó dos sapatos dela. Em resposta a isso, Karen esticou o pezinho.

– Ah, que belos sapatinhos de dança! – o velho soldado exclamou. – Tenha cuidado para que eles não escorreguem de seus pés enquanto você baila.

Dizendo isso, o soldado passou a mão no couro, para tirar o pó, e recebeu uma moeda da velha senhora, que em seguida adentrou a igreja com Karen.

Como da outra vez, todos ficaram encarando os sapatos vermelhos da menina, e todas as esculturas baixaram o olhar para eles. Quando Karen se ajoelhou na capela, só pensava nos sapatos; eles pareciam flutuar bem diante de seus olhos, e ela se esqueceu de rezar e de cantar os hinos.

Por fim, todos saíram da igreja e a velha senhora entrou na carruagem. Quando Karen ergueu o pé para entrar, o velho soldado falou:

– Mas que belos sapatinhos de dança!

E Karen, sem querer, dançou um pouco. Uma vez tendo começado, seus pés continuaram por si mesmos, como se tivessem mais controle sobre a jovem do que ela sobre os próprios pés. A menina contornou a igreja dançando, sem conseguir evitar, e o cocheiro precisou correr atrás dela, agarrá-la e fazê-la entrar. Seus pés seguiram dançando mesmo assim, até que ela pisou nos pés da coitada da velha senhora. Karen só teve descanso quando os calçados foram tirados de seus pés.

Eles foram guardados em um armário, mas Karen não conseguia resistir a ir lá dar uma espiadinha neles de vem em quando.

Pouco tempo depois, a velha senhora adoeceu, e disseram que ela não iria se recuperar. Precisava ser servida e cuidada e tudo isso, claro, era obrigação de Karen, como ela sabia muito bem. Mas acontece que um grande baile ia acontecer na cidade, e Karen tinha sido convidada. Ela olhou para a velha senhora, muito enferma, e olhou para os sapatos vermelhos. Calçou-os, pensando que não haveria pecado nenhum nisso, e claro que não havia mesmo, só que em seguida ela foi ao baile e começou a dançar.

Por mais estranho que pareça, quando ela queria ir para a direita, seus sapatos a levavam para a esquerda; quando ela desejava ir para um lado do salão, os calçados insistiam em conduzi-la para o lado oposto. Eles por fim a fizeram descer os degraus e chegar até a rua, e dali para fora dos portões da cidade. Karen dançava e dançava, pois não conseguia parar, até que chegou ao bosque sombrio. Algo brilhava por entre as árvores. Karen pensou que fosse a Lua, redonda e avermelhada, pois viu um rosto; mas não: era o velho soldado da barba ruiva, que estava sentado, acenando para ela e dizendo:

– Ah, que belos sapatinhos de dança!

Karen ficou terrivelmente assustada e tentou tirar os sapatos, mas eles se agarraram a seus pezinhos e ela não conseguiu soltar. Eles pareciam ter se colado aos seus pés. Então a dançar ela era obrigada, e dançar foi o que fez, por campos e pradarias, sob sol e chuva, de dia e à noite; e à noite era ainda mais apavorante.

Ela dançou ao ar livre no cemitério da igreja, mas os mortos não dançavam; eles estavam descansando e tinham coisa melhor a fazer. Ela teria adorado se sentar um pouquinho sobre as sepulturas humildes onde uma vegetação amarga crescia, mas para ela não havia descanso.

Karen passou dançando pela porta da igreja, e lá dentro viu um anjo em uma longa túnica branca, com asas que nasciam nos ombros e chegavam até o chão. Ele tinha um olhar severo e grave e segurava uma espada comprida e reluzente. O anjo falou:

– Tu hás de dançar em teus calçados rubros até que te tornes pálida e fria, até que teu corpo esteja gasto como um esqueleto. Tu hás de dançar de porta em porta e, onde houver crianças orgulhosas e arrogantes, hás de bater à porta, para que, ouvindo-te, elas sejam alertadas. Tu hás de dançar! Segue dançando!

– Piedade! – Karen gritou, mas não ouviu a resposta do anjo, pois os sapatos a carregaram porta afora, em direção aos campos.

Certa manhã, ela passou dançando em frente a uma porta bem conhecida. De dentro vinha o som de um salmo, e dali a pouco um caixão decorado com flores foi trazido para fora. Ela sabia que era a querida velha senhora quem tinha morrido, e em seu coração Karen sentiu que havia sido abandonada por todos na Terra e condenada pelos anjos nos Céus.

Karen continuou dançando, pois não conseguia parar, e dançando atravessou arbustos e espinheiros. Seus pés sangravam. Finalmente, chegou dançando a uma casinha solitária onde ela sabia que morava o carrasco; ela bateu na janela e pediu:

– Saia, venha aqui para fora! Não tenho como entrar, porque não consigo parar de dançar.

O homem respondeu:

– Você sabe quem eu sou e o que faço?

– Sei – Karen respondeu. – Mas não arranque minha cabeça, porque aí eu não teria como viver e me arrepender dos meus pecados. Arranque meus pés, para que eu me livre dos meus sapatos vermelhos.

Em seguida ela confessou seus pecados e o carrasco arrancou os sapatos, que saíram dançando sozinhos pelo campo, em direção às profundezas do bosque. Para Karen, foi como se seus pés tivessem ido embora junto, pois ela havia quase perdido a capacidade de andar.

– Já sofri bastante por causa dos sapatos vermelhos – ela falou. – Agora vou até a igreja, para que as pessoas me vejam.

Porém, mal chegou à igreja, após mancar pelo caminho, apareceram os sapatos dançando na frente dela e assustando-a pelas costas.

Durante a semana inteira ela ficou profundamente triste, e derramou muitas lágrimas amargas. Quando o domingo seguinte chegou, ela disse:

– Tenho certeza de que agora já sofri e lutei o suficiente. Até me arrisco a dizer que sou tão bondosa quanto muitos dos que estão na igreja de cabeça erguida.

Karen tomou coragem e partiu mais uma vez para a igreja, porém, antes que chegasse ao portão do cemitério, lá estavam os sapatos vermelhos dançando. Ela fugiu apavorada e mais amargurada do que nunca pelos pecados cometidos.

Então se dirigiu à casa do pastor e implorou para ser criada da família, prometendo ser dedicada e fiel. Afirmou que não desejava receber salário, queria apenas estar em um lar de pessoas boas. A esposa do religioso se apiedou dela e atendeu ao pedido, e Karen se mostrou trabalhadora e muito sensata.

Com muita seriedade ela ouvia quando, ao cair da tarde, o pastor lia as Sagradas Escrituras em voz alta. Todas as crianças passaram a gostar muito dela, mas, quando falavam da beleza e da elegância de Karen, ela abanava a cabeça e se afastava.

Certo domingo, quando todos foram à igreja, perguntaram se ela não iria também; muito pesarosa, Karen lhes disse para irem sem ela. Eles partiram e ela foi para o quarto, onde se sentou com o livro de salmos nas mãos e começou a ler as páginas em um estado de espírito gentil e piedoso. Foi quando o vento trouxe até seus ouvidos as notas do órgão. Ela se pôs de pé com os olhos úmidos e murmurou:

– Deus, me ajude!

Então o Sol brilhou forte, e diante dela apareceu o anjo que antes tinha surgido na igreja. Ele não estava mais segurando a espada reluzente; em lugar dela, trazia nas mãos um lindo ramalhete de rosas. Ele tocou o teto com as flores e o teto se elevou, e, em todos os pontos onde o ramalhete encostava, nascia uma estrela. Ele tocou as paredes, e elas se afastaram até que Karen pôde ver o órgão que estava sendo tocado na igreja. Ela viu também os velhos quadros e esculturas nas paredes, e toda a congregação sentada nos bancos, cantando os salmos; pois ou a igreja tinha ido até o quarto da pobre menina ou tinha sido ela, em seu quarto, a chegar à igreja. Karen estava sentada no banco com a família do pastor, e, quando o salmo chegou ao fim, eles acenaram para ela e disseram:

– Seja bem-vinda, Karen.

– Isto é misericórdia – ela falou. – Isto é a graça de Deus.

O órgão ressoou e o coro das crianças se fundiu docemente a ele. O Sol brilhante espalhava sua luz morna através das janelas, até o banco onde Karen estava sentada. Seu coração estava tão repleto de brilho, paz e alegria que se partiu, e sua alma foi levada por um raio de sol até Deus, onde não havia ninguém para perguntar sobre os sapatos vermelhos.

OS VERDINHOS

Uma roseira estava junto à janela. Pouco tempo atrás, ela estava verde e fresca, mas agora parecia adoentada; estava em más condições de saúde, sem dúvida. Um regimento inteiro tinha acampado nela e estava devorando suas folhas; porém, apesar de sua aparente gula, aquele regimento era muito decente e respeitável. Vestia um uniforme verde brilhante. Eu conversei com um dos Verdinhos. Ele tinha apenas três dias de idade, mas mesmo assim já era avô! E o que vocês acham que ele disse? É tudo verdade; falou por si e em nome do resto do regimento. Ouçam!

– Nós somos as criaturas mais maravilhosas do mundo. Em tenra idade ficamos noivos e imediatamente depois já nos casamos. Quando o tempo esfria, botamos nossos ovos, mas os pequenos são amarelados e quentinhos. A mais sábia das criaturas, a formiga, nos compreende bem, e nós temos enorme respeito por ela. As formigas sabem nos valorizar, disso você pode estar certo. Elas não nos devoram logo de cara: pegam nossos ovos e transportam para a colina das formigas, lá no térreo; colocam rótulos numerados nos ovos e os depositam lado a lado, camada sobre camada, de modo que a cada dia possa nascer um de nós de dentro de um dos ovos. Elas então nos levam a um estábulo, prendem nossas patas traseiras e nos ordenham até a morte. As formigas nos deram o mais belo nome: pequenas vacas leiteiras – o Verdinho contou, acrescentando em seguida: – Todas as criaturas que, como a formiga, têm o dom da sensatez nos chamam por esse nome bonito. Só os seres humanos é que não. Eles não chamam de outra coisa, uma que eu sinto ser uma ofensiva enorme, tão enorme que amargura a nossa vida. O senhor não poderia escrever um protesto contra isso por nós? O senhor não poderia esclarecer os seres humanos sobre o mal que nos fazem? Eles olham para nós de um jeito tão bobo, ou, às vezes, com um olhar tão invejoso, só porque comemos a folha de uma roseira, enquanto eles, por sua vez, comem todas as criaturas, tudo que cresce e é verde. Além disso, nos chamam dos nomes mais humilhantes! Não vou dizer quais são, até me chega a doer o estômago. Nem consigo pronunciar, de tão feios; pelo menos, não quando estou vestindo meu uniforme, e eu nunca o tiro.

O Verdinho prosseguiu:

– Eu nasci em uma folha de roseira. Eu e todos do regimento vivemos nela. Na verdade, nós vivemos dela. Mas ela vive de novo em nós, e nós pertencemos à ordem superior de seres criados. Os humanos não gostam de nós. Eles nos perseguem e nos matam com espuma de sabão. Ah, é uma bebida horrorosa! Parece que agora mesmo estou sentindo o cheiro dela. Você não imagina como é terrível ser lavado quando você não foi criado para ser lavado. Homens! Vocês, que nos olham com seu olhar bravo de sabão, pensem um instante sobre qual é o nosso lugar na natureza: nós nascemos em roseiras, morremos em roseiras; toda a nossa vida é um poema à rosa. Eu lhes peço, não nos deem um nome que vocês mesmos acham desprezível; nome este que não suporto pronunciar. Se vocês desejam falar de nós, chamem-nos de "as vacas leiteiras das formigas", ou de "o regimento da roseira", ou de "as coisinhas verdes".

E eu, o homem, fiquei lá parado, olhando para a árvore e para os Verdinhos; não vou mencionar o nome, pois não gostaria de ferir os sentimentos dos cidadãos que habitam a roseira. Fiquei olhando e vi uma família grande, com ovos e crianças; depois, olhei para a espuma de sabão que eu ia usar para lavar a roseira e mandar o regimento embora; pois sim, também eu tinha me aproximado com água, sabão e intenções assassinas. Mas agora vou usar a espuma para fazer bolhas. Vejam como são lindas! Talvez dentro de cada uma exista um conto de fadas. A bolha cresce e é radiante e parece que esconde uma pérola em seu interior.

A bolha balançou e flutuou. Voou até a porta e então estourou, mas a porta se abriu e lá estava a Fada dos Contos de Fadas em pessoa! Então, agora, ela mesma vai contar, muito melhor do que eu, sobre (não direi o nome) os verdinhos da roseira.

– Pulgão! – disse a Fada das Fadas.

Uma pessoa deve chamar as coisas pelos nomes certos. E se nem sempre se pode fazer isso, que ao menos se possa em um conto de fadas.

PROVA DE PULO

A Pulga, o Gafanhoto e o Sapo certo dia resolveram ver qual deles saltava mais alto. Eles criaram uma competição e convidaram o mundo todo, e qualquer um que quisesse comparecer e assistir ao grande evento. Os três eram saltadores de primeira, como disseram todos os convidados ao se encontrarem no local.

– Eu darei a mão de minha filha para aquele que pular mais alto – disse o rei. – Seria muito ruim se vocês dessem os saltos e nós não oferecêssemos nenhum prêmio.

O senhor Pulga foi o primeiro a se apresentar. Ele tinha os modos mais refinados e fez mesuras em todas as direções da plateia, pois tinha sangue nobre e, além do mais, estava acostumado à sociedade humana e isso, claro, era uma vantagem para ele.

Em seguida, apresentou-se o senhor Gafanhoto. Ele não tinha uma constituição tão formosa quanto a da Pulga, mas sabia perfeitamente bem como se comportar e usava a roupa verde que lhe pertencia por direito de nascença. Ele contou, também, que vinha de uma família egípcia antiquíssima e que era muito respeitado na casa onde vivia.

O fato é que fazia pouco tempo que tinha sido retirado dos campos e guardado em uma casa de papelão de três andares de altura, construída especialmente para ele, com as paredes internas coloridas e as portas e janelas recortadas de uma carta da Rainha de Copas.

– Eu canto tão bem – ele falou – que dezesseis grilos criados nos melhores salões da sociedade, que cricrilam desde a infância, mas ainda não conseguiram que ninguém construísse uma casa de papelão para eles, emagreceram de tanto se lamentar e estão agora mais magros do que nunca, por absoluta irritação ao me ouvir.

Foi assim que o senhor Pulga e o senhor Gafanhoto exibiram suas maiores virtudes, cada um pensando que seria um par muito adequado para a princesa.

O senhor Sapo não disse uma palavra, mas as pessoas comentaram que ele talvez fosse o que mais raciocinava; e o velho cão da casa, que o farejou de fio a pavio, assegurou que ele era de boa família. Esse bom companheiro, que já por três vezes tinha recebido, em vão, ordens de parar de latir, garantiu que o Sapo era um profeta, pois nas costas dele era possível ver se o inverno seguinte seria severo ou suave, o que é mais do que se pode saber olhando para as costas do homem que escreve esta história.

– Por enquanto, não vou dizer nada – disse o rei –, entretanto, já tenho minha opinião formada, pois eu observo tudo.

Então a disputa teve início. O senhor Pulga saltou tão alto que ninguém conseguia ver onde tinha ido parar, o que levou os presentes a afirmarem que ele não tinha dado salto nenhum. Isso foi uma tragédia depois de todas as firulas que ele havia feito.

O salto do senhor Gafanhoto atingiu só metade da altura do salto do senhor Pulga; porém, ele pousou no rosto do Rei, que ficou enojado com tanta grosseria.

O senhor Sapo ficou imóvel um tempão; os convidados começaram a pensar que ele não ia mais competir.

– Creio que esteja doente! – disse o cão farejador, aproximando-se para cheirá-lo de novo.

De repente, o Sapo saltou de lado direto para o colo da princesa, que estava sentada ali perto, em uma banqueta comprida de ouro.

– Não há nada mais no alto do que a minha filha – declarou o rei. – Portanto, chegar ao colo dela indica o maior salto que pode ser dado. Somente alguém de grande bom senso teria pensado nisso. O Sapo, assim, demonstrou que possui sensatez. Ele tem muito tutano, tem mesmo.

E foi assim que o Sapo conquistou a princesa.

– Mesmo assim, fui eu que saltei mais alto – disse o senhor Pulga.
– Mas não faz mal. A princesa pode ficar com aquela criatura pegajosa e de pernas esquisitas, se quiser. Neste mundo, o mérito raramente é reconhecido. Os lerdos e pesadões é que são recompensados. Eu sou ligeiro e leve demais para este mundo besta.

Então o senhor Pulga partiu para uma missão no exterior.

O senhor Gafanhoto estava sentado em um banco verde do lado de fora, refletindo sobre o mundo e como as coisas funcionavam; ele também falou:

– Sim, os lentos e pesados é que ganham; hoje em dia, as pessoas só se importam com a aparência.

Então ele começou a cantar daquele jeito único que os gafanhotos cantam, e foi dessa canção que nós retiramos esta historinha, que muito possivelmente não é verdadeira, embora esteja impressa aqui, preto no branco.

SOPA DE ESPETO DE SALSICHA

– Tivemos um jantar fabuloso ontem – disse a velha senhora rato para outra, que não tinha comparecido à festa. – Coloquei o número vinte e um logo abaixo do rato rei, e não foi um mau lugar. Quer que eu lhe conte o que comemos? Tudo estava excelente: pão mofado, vela de sebo e salsicha. Quando terminamos a primeira rodada, tudo foi servido de novo, e foi como ter um banquete em dobro. Estávamos muito alegres e falantes, houve piadas e brincadeiras e parecia que éramos todos da mesma família. Não sobrou nem uma migalha, só os palitos das salsichas, e por isso eles acabaram virando o tema da conversa. No fim, alguém usou a expressão "sopa de palito de salsicha" ou, como as pessoas falam no país vizinho, "sopa de espeto de salsicha".

A senhora rato então explicou:

– Todo mundo conhecia a expressão, mas ninguém nunca tinha tomado a tal sopa nem sabia como preparar. Um brinde foi feito em homenagem a quem inventou a sopa, e alguém disse que esse inventor deveria ser considerado o padrinho dos pobres. Não foi engraçado? Nessa hora, o rato rei se levantou e anunciou que a ratinha que aprendesse a preparar a melhor versão dessa deliciosa sopa seria feita rainha dele e que concederia o prazo de um ano e um dia.

– Não é absolutamente uma proposta ruim – respondeu a rata que estava ouvindo a história. – Mas como esta sopa é preparada?

– Bom, isso já é mais do que eu consigo dizer. Todas as jovens ratas estão fazendo a mesma pergunta. Elas querem muito ser a rainha, mas não querem ter o trabalho de sair pelo mundo tentando aprender a fazer a sopa, e é absolutamente necessário que isso seja feito antes de todo o resto. Não é todo mundo que se dispõe a deixar para trás a família e o conforto de um canto ao lado da lareira em casa, nem mesmo para se tornar rainha. Nem sempre é fácil, em terras estrangeiras, encontrar toucinho e restos de queijo todo dia e, afinal, não é nada agradável suportar a fome e o risco de ser comido vivo por um gato.

Provavelmente pensamentos desse tipo desencorajaram a maioria de partir pelo mundo recolhendo as informações necessárias ao preparo da sopa. Apenas quatro ratinhas se disseram prontas para enfrentar a jornada.

Elas eram jovens e cheias de energia, porém, pobres. Todas queriam visitar cada uma das quatro partes do mundo, para ver quem, no fim, seria favorecida pela sorte. Cada ratinha levou um espeto de salsicha como companhia de viagem e também como lembrete do objetivo da empreitada.

Elas partiram de casa no início de maio e nenhuma voltou até o dia primeiro de maio do ano seguinte, e, depois dessa data, apenas três delas retornaram. Nada se viu nem se ouviu da quarta, embora o dia da decisão estivesse bem perto.

– Bem, as coisas são assim mesmo, há sempre uma dose de problema misturada aos maiores prazeres – o rato rei falou, e mandou que fossem chamados todos os ratos em um raio de vários quilômetros.

Todos deveriam se reunir na cozinha, e as três que tinham viajado deveriam se postar em fila diante dos convidados, com um espeto de salsicha coberto de uma faixa preta de luto no lugar da ratinha ausente. Ninguém ousou expressar a própria opinião até que o rei falou; ele queria que cada uma das viajantes contasse sua história. Agora, vejamos o que elas disseram.

O QUE A PRIMEIRA RATINHA VIU E
OUVIU EM SUAS VIAGENS

– Quando parti mundo afora, eu acreditava, como muitos da minha idade acreditam, que já sabia tudo. Mas não era verdade. São necessários muitos anos para que um grande conhecimento seja adquirido. Fui para o mar e embarquei em um navio que seguia para o Norte. Tinham me dito que o cozinheiro do navio sabia preparar qualquer prato no mar, e é bem fácil fazer isso com abundância de toucinho, grandes bacias de carne salgada e farinha embolorada. No navio, comi muita comida boa, mas não tive oportunidade de aprender a preparar a sopa de espeto de salsicha. Nós navegamos muitos dias e noites; o navio balançava de um jeito aterrorizante, e não escapamos de nos molhar. Assim que atracamos no porto para onde o navio estava indo, eu desembarquei na praia; estava em um lugar bem distante, ao Norte. É uma sensação maravilhosa deixar seu cantinho em casa, esconder-se em um navio onde se tem a certeza de que vai encontrar locais aquecidos como abrigo e depois se ver a milhares de quilômetros, em uma terra estrangeira.

A ratinha tomou fôlego e prosseguiu:

– Vi uma floresta densa, sem nenhuma trilha que pudesse usar como passagem, com pinheiros e bétulas tão perfumados que me faziam espirrar e pensar em salsichas. Havia também grandes lagos, que a distância pareciam escuros como tinta, mas que vistos de perto eram bastante claros. Cisnes imensos flutuavam ali, e no começo achei que eles eram só espuma, de tão quietos que estavam; mas quando os vi andar e voar, eu soube de imediato o que eram. Pertenciam à espécie dos gansos. Dava para ver pelo modo como andavam, pois ninguém consegue imitar muito bem um indivíduo dessa família. Eu me mantive entre os da minha espécie e fiz amizade com ratos da floresta e do campo. Eles, porém, sabiam muito pouco, especialmente sobre o que eu queria aprender e o que tinha me feito viajar para o exterior. A ideia de que era possível fazer sopa com espeto de salsicha era tão espantosa para eles que a história foi repetida de boca em boca pela floresta inteira. Eles afirmaram que o problema jamais seria resolvido, que a coisa toda era uma impossibilidade. Como eu tinha me enganado ao acreditar que, naquele lugar, e já logo na primeira noite, seria iniciada nas artes do preparo daquela sopa!

E a ratinha continuou:

– Era o pico do verão; os ratos me contaram que era por isso que a floresta estava tão perfumada, que as hortaliças eram tão cheirosas e que os lagos com os cisnes pareciam tão escuros, mesmo sendo tão claros. Nos limites da floresta, perto de diversas casas, havia um mastro tão grande quanto o de um navio, e do topo dele pendiam arranjos de flores e fitas esvoaçantes. Era um mastro do Primeiro de Maio. Rapazes e moças dançavam ao redor e tentavam, com sua cantoria, ofuscar os violinos dos músicos. Eles estavam na maior alegria ao entardecer e assim continuavam à noite, mas eu não participei dos festejos. O que uma ratinha tem a ver com uma dança do Primeiro de Maio? Sentei no musgo macio e segurei forte meu espeto de salsicha. A Lua brilhava com uma força toda especial em um ponto onde havia uma árvore recoberta de um fino musgo. Eu quase me arriscaria a dizer que era fina e suave como o pelo do rei rato, mas verde, que é uma cor muito agradável para os olhos.

Após breve pausa, a ratinha retomou:

– De repente, vi as pessoinhas mais encantadoras marchando na minha direção. Mal chegavam à altura do meu joelho, apesar de parecerem seres humanos, só que mais bem proporcionados. Eles se chamavam de elfos e vestiam roupas elegantes e delicadas, que eram feitas de pétalas de flores, decoradas com asas de moscas e de mosquitos. O efeito não era nem um pouco ruim. Pareciam estar procurando alguma coisa, eu não sabia o quê, até que um deles me viu. Vieram até mim com o indicador apontando para o meu espeto de salsicha, dizendo: "Ali, é exatamente o que queremos. Vejam, a parte de cima é pontuda; não é o máximo?". Quanto mais ele olhava para meu companheiro de peregrinação, mais encantado ficava. "Eu empresto para vocês", eu falei, "mas precisam me devolver". "Ah, nós não queremos ficar com ele", eles gritaram, e pegaram o espeto quando o estendi, levaram embora saltitando até a árvore recoberta de musgo e o fincaram no meio da grama. Queriam um mastro de Primeiro de Maio, e o que tinham agora parecia ter sido feito especialmente para eles. Os elfos o decoraram tão lindamente que dava gosto de ver. Pequenas aranhas teceram fios de ouro em volta, e ele foi coberto de véus esvoaçantes e de bandeiras tão suavemente brancas como a neve reluzindo ao luar. Então, pegaram cores da asa da borboleta e espalharam no véu alvo até que ele cintilou como se estivesse coberto por flores e diamantes, e eu não conseguia mais reconhecer meu espeto de salsicha. Um mastro de Primeiro de Maio como aquele jamais foi visto no mundo inteiro.

A ratinha precisou respirar de novo.

– Daí chegou um grupo grande de elfos reais. Nada poderia ser mais lindo do que seus trajes. Eles me convidaram para estar presente à festa, mas eu deveria manter uma distância segura, pois sou grande demais perto deles. Então começou uma música que soava como mil sinos de vidro, tão encorpada e forte que eu achei que era o canto dos cisnes. Tive a impressão de ouvir as vozes do cuco e do melro, e no fim parecia que a floresta inteira estava produzindo melodias gloriosas: vozes de crianças, o tilintar de sinos e o canto dos pássaros. E toda essa música maravilhosa saía do mastro de Primeiro de Maio dos elfos. Meu espeto de salsicha era agora puro repique de sinos. Eu nem estava acreditando na quantidade de coisas saindo dele, até que lembrei nas mãos de quem ele tinha ido parar. Fiquei tão comovida que chorei muito, tanto quanto uma ratinha pode chorar, mas eram lágrimas de alegria. A noite foi curta demais para mim; não há noites longas no verão daquele lugar, como em geral temos nesta parte do mundo.

Nova pequena pausa e a ratinha continuou:

– Quando o dia nasceu e a brisa suave encrespou a superfície do lago, que até então parecia de vidro, todos os delicados véus e bandeiras se agitaram no ar fresco. As construções ondulantes de teia de aranha, guirlandas, pontes, galerias ou seja lá que nome tenham, desapareceram como se nunca tivessem existido. Seis elfos vieram me devolver o espeto e ao mesmo tempo disseram que eu podia fazer qualquer pedido, e eles me concederiam se estivesse em seu poder. Então eu pedi que eles, se soubessem, me contassem como fazer sopa de espeto de salsicha. "Como nós fazemos?", me perguntou o chefe. "Ora, você acabou de ver. Você mal reconheceu seu espeto, tenho certeza." Então eu pensei: "Eles se acham muito espertos", e em seguida contei tudo: por que eu tinha viajado para tão longe, a promessa feita em casa a quem descobrisse como preparar esta sopa. E perguntei: "Mas, para o rato rei ou para o nosso poderoso reino, qual é a vantagem de eu ter visto todas essas coisas lindas? Não posso chacoalhar o espeto e dizer: 'Olhem, aqui está o espeto, e agora a sopa vai aparecer'. Isso só produziria comida para ser servida durante um jejum". O elfo então enfiou o dedo na corola de uma violeta e disse: "Veja, vou untar o seu bastão, e daí, quando você voltar para casa e entrar no castelo do rei, só precisará encostar nele com o bastão, e violetas vão brotar mesmo no mais rigoroso inverno. Acho que dessa forma estou lhe dando algo, não? Algo que vale a pena levar para casa".

Antes que a ratinha explicasse que "algo" era aquele, ela estendeu a mão na direção do rei e, quando o espeto tocou nele, as mais belas violetas surgiram e preencheram o ar com seu perfume. O cheiro era tão forte que o rato rei ordenou que os ratos mais próximos da chaminé colocassem o rabo no fogo, para provocar cheiro de queimado, porque a fragrância da violeta era fortíssima e nem todos gostavam.

– Mas o que era aquele "algo" que você acabou de mencionar? – o rato rei perguntou.

– Ora – a ratinha respondeu –, acho que é aquilo que eles chamam de "efeito".

Dizendo isso, ela girou o espeto e, pasmem, não havia uma só flor nele! O bastão estava nu das violetas de antes, e a ratinha o suspendeu como um maestro faz com sua batuta.

– Os elfos me disseram – ela contou – que as violetas agradam à visão, ao olfato e ao tato; então nós só precisamos produzir o efeito da audição e do paladar.

E assim, conforme a ratinha agitava o espeto como se fosse uma batuta, uma música começou a soar; não como a que tinha sido ouvida na festa dos elfos na floresta, mas do tipo que se ouve na cozinha, formada por sons de fervura e fritura. Começou muito de repente, como o vento soprando forte pela chaminé, e pareceu que todas as panelas e caçarolas estavam fervendo.

A pá usada para mexer as brasas caiu no guarda-fogo da lareira e, subitamente, tudo ficou silencioso; não se ouvia nada além da suave canção de vapor da chaleira, que era linda de ouvir, pois ninguém conseguia distinguir corretamente se a chaleira estava apenas começando a ferver ou prestes a transbordar. A pequena caldeira fumegava e a grande frigideira chiava e não havia nenhuma relação entre os sons; na verdade, parecia não haver nenhuma harmonia entre as panelas todas. Conforme a ratinha agitava a batuta cada vez com mais força, todos os utensílios espumaram, ferveram e lançaram bolhas no ar, enquanto de novo o vento rugiu e assobiou na chaminé, até que por fim o ruído era tão alto e horrível que a ratinha largou o bastão no chão.

– Isto foi uma sopa bem estranha – o rato rei disse. – Agora, vamos ouvir sobre o preparo.

– Era só isso – a ratinha respondeu, com uma mesura.

– Era isso? – o rato rei se espantou. – Bem, então vamos gostar de ouvir as informações que a próxima viajante tem para nós.

O QUE A SEGUNDA VIAJANTE TINHA PARA CONTAR

– Eu nasci em uma biblioteca em um castelo – ela começou. – Bem poucos membros da minha família tiveram a sorte de conseguir entrar no salão das refeições, menos ainda na despensa. Hoje e durante minha viagem foram as únicas ocasiões em que vi uma cozinha. Nós, com muita frequência, passávamos fome na biblioteca, mas adquirimos muito conhecimento. Chegaram aos nossos ouvidos rumores sobre o prêmio real oferecido a quem soubesse preparar uma sopa de espeto de salsicha. Minha avó então procurou um antigo manuscrito. Ela não sabe ler, mas já tinha ouvido quando leram em voz alta. E nesse manuscrito estavam escritas estas palavras: "Aqueles que são poetas sabem fazer sopa de espeto de salsicha". Ela me perguntou se eu era uma poetisa, eu respondi que não alimentava tão grande pretensão, e ela então me aconselhou a partir pelo mundo para me transformar em uma. Eu quis saber o que seria necessário para virar poetisa, pois me parecia tão difícil quanto descobrir como fazer sopa com espeto de salsicha, e minha avó, que ao longo da vida ouviu muitas e muitas histórias lidas em voz alta, contou que as três principais qualidades necessárias são compreensão, imaginação e sentimento. "Se você puder adquirir esses três itens, será uma poetisa, e preparar a sopa de espeto de salsicha vai parecer bem fácil."

Após esta introdução, ela começou o relato.

– Saí pelo mundo e rumei para o Oeste, buscando me tornar poetisa. Compreensão é a coisa mais importante de todas. Disso eu tinha certeza, pois das outras duas qualificações não se fala muito; então fui primeiro procurar compreensão. Onde poderia encontrar? "Vá até as formigas e aprenda sabedoria", disse o grande rei judeu; aprendi isso por viver em uma biblioteca. Então segui reto até chegar ao primeiro grande formigueiro. Ali perto, me sentei e comecei a observar, para me tornar sábia. As formigas são um povo muito respeitável; elas são a própria sabedoria. Tudo o que fazem é como uma soma cujo resultado dá certo. "Trabalhar, botar ovos e cuidar do futuro é viver do jeito certo", elas dizem, e é o que realmente fazem. Elas se dividem entre formigas limpas e formigas sujas, e a posição é indicada por um número. A formiga-rainha é a número Um; a opinião dela é a única certa sobre tudo, e ela aparenta ter em si a sabedoria do mundo inteiro. Isso era exatamente o que eu desejava adquirir. A formiga-rainha falou diversas coisas muito inteligentes, sem dúvida, mas que para mim pareceram tolices. Ela afirmou que o formigueiro era a coisa mais elevada do mundo, apesar de bem perto dele haver uma grande árvore que se elevava muito, muito mais. Porém, não mencionou a árvore. Certo dia, uma formiga se perdeu nessa árvore. Ela subiu pelo tronco, não até o topo, mas o suficiente para ficar acima da altura do formigueiro; quando conseguiu voltar para casa contou que tinha descoberto em sua viagem uma coisa muito mais alta do que o formigueiro. As outras formigas consideraram isso um insulto à comunidade e a condenaram a usar mordaça e ficar em perpétua solidão até o fim da vida.

Breve pausa, retomada:

– Pouco tempo depois, outra formiga foi à mesma árvore, percorreu o mesmo caminho e fez a mesma descoberta. Mas falou a respeito de forma cautelosa e vaga, e como era uma das formigas superiores e muito respeitada, as outras acreditaram nela. Quando ela morreu, construíram um monumento em forma de ovo para honrar a memória dela, pois era uma comunidade educada que cultivava um grande respeito pela ciência. Eu reparei que as formigas estavam sempre andando de um lado para o outro com carga nas costas. Certa vez, vi quando uma delas deixou cair a carga e tentou com toda força levantar de novo, mas não conseguiu. Outras duas vieram ajudar e tentaram com máximo esforço, até quase deixarem cair o que elas mesmas estavam carregando. Então foram obrigadas a parar um pouco, porque cada um tem que pensar em si mesmo em primeiro lugar. A formiga-rainha comentou que o comportamento delas naquele dia demonstrava que possuíam corações bondosos e boa compreensão. Ela afirmou: "Essas duas qualidades colocam as formigas no mais alto nível entre todas as criaturas sensatas. Entre nós, a compreensão deve sempre ter destaque". Ao dizer isso, ela se apoiou nas patas traseiras, para não ser confundida com nenhuma outra. Portanto, eu não tinha como me enganar: peguei-a e a comi. Devemos ir até as formigas para aprender a sabedoria delas, e eu havia garantido a rainha.

E a segunda ratinha contou seus passos seguintes.

– Depois, me aproximei da grande árvore já mencionada; era um carvalho. Tinha um tronco bem alto e uma copa bem espalhada e era muito velho. Eu sabia que um ser vivo morava nele, uma Dríade, como a chamam, que nasce com a árvore e morre com ela. Eu tinha ouvido isso na biblioteca, e lá estavam justamente aquela árvore e a ninfa que mora nela. A Dríade deu um berro apavorado quando me viu tão perto dela. Como as mulheres humanas, ela tem muito medo de ratos; no caso da ninfa com mais razão do que as mulheres, pois eu poderia roer a árvore da qual a vida dela dependia. Mas falei-lhe em um tom de voz amigável e pedi que tivesse coragem, e por fim ela me acolheu em suas mãos suaves e contei o que tinha me levado a sair viajando pelo mundo. Ela disse que talvez, naquela mesma noite, pudesse obter para mim um dos dois tesouros que eu estava procurando. Contou que Fantasio, o gênio da imaginação, era um amigo bem próximo e querido, lindo como o deus do amor; que costumava passar muitas horas descansando sob a folhagem abundante do carvalho, que nessas ocasiões ondulava e farfalhava mais do que nunca. Fantasio chama a Dríade de "minha Dríade" e chama a árvore de "minha árvore", pois tanto a ninfa quanto o carvalho o agradam bastante. A raiz penetra profundamente no solo; o topo, que se eleva muito alto no céu, conhece bem o valor da neve que cai, do vento que sopra e do raio solar que aquece.

O relato da ratinha continuou.

– A Dríade me falou o seguinte: "Os passarinhos cantam acima dos galhos e conversam sobre os lindos campos que visitaram em terras estrangeiras. Em um galho ressecado, uma cegonha fez seu ninho com grande capricho, e é um prazer ouvir o que ela conta sobre o país das pirâmides. Tudo isso agrada bastante ao Fantasio, mas não é suficiente. Ele também me faz contar sobre a minha vida na floresta, quer que eu relembre minha infância, quando eu era tão pequena, e a árvore era tão pequena e delicada, que bastava uma única urtiga para fazer sombra sobre nós, e me faz contar tudo o que me aconteceu desde aquela época até agora, que a árvore é grande e forte. "Sente-se debaixo dos ramos agora e preste atenção. Quando Fantasio vier, você terá a chance de pegar na asa dele e puxar uma das pequenas penas. Você deverá comer essa pena; nada melhor jamais foi servido a nenhum poeta, e será mais do que suficiente para você." Bom, quando Fantasio chegou, arranquei uma peninha e pus na água, e a deixei mergulhada ali até que ficou bem macia. Era pesada e indigesta, mas por fim consegui engolir. Virar poeta não é fácil; é cada uma que a pessoa tem que superar! Agora, porém, eu já tinha duas qualificações, a compreensão e a imaginação, e por meio delas eu sabia que encontraria a terceira na biblioteca.

A segunda viajante então narrou:

– Um grande homem certa vez disse que há romances que existem única e exclusivamente para aliviar a humanidade de suas abundantes lágrimas, como se fossem esponjas que absorvessem sentimentos e emoções. Eu recordo alguns desses romances. Sempre abriam meu apetite, porque tinham sido lidos muitas vezes e ficado muito engordurados; eles com certeza sugaram um sem-fim de emoções. Eu então voltei para a biblioteca e literalmente devorei um romance inteiro. Quer dizer, na verdade comi o interior, as partes macias. A lombada eu deixei de lado. Quando havia digerido não só ele, mas também um segundo volume, comecei a sentir umas coisas se mexendo dentro de mim. Dei uma mordida em um terceiro livro e me senti uma poetisa. Eu disse isso para mim mesma e outros também disseram o mesmo para mim. Tive dor de cabeça e dor nas costas e não sei mais em que outros lugares. Pensei em todas as histórias que de algum jeito se relacionam com espetos de salsicha e em tudo que já se escreveu sobre pauzinhos, bastões, pautas musicais e barras de todo tipo. Era muita imaginação; a formiga-rainha que eu comi deve ter sido, de fato, uma criatura muito especial. Eu me lembrei do homem que enfiou um graveto branco na boca e assim tornou o graveto e a si próprio invisíveis. Pensei na madeira dos cavalinhos de pau, em pautas de melodia e verso, em vara de bater nas costas de um homem e sabe Deus em quantas outras frases do mesmo tipo, relacionadas a paus, bastões e espetos. Todos os meus pensamentos são sobre bengala, cajado, madeira, bastão. Por fim eu me tornei uma poetisa, após me esforçar muitíssimo para isso, e agora consigo criar poesia com qualquer assunto. Portanto, serei capaz de todos os dias da semana servir ao rei uma história poética sobre um espeto. E essa é a minha sopa.

– Neste caso – disse o rei rato –, vamos ouvir o que a terceira ratinha tem a dizer.

– Guinch, guinch – ouviu-se um guincho junto à porta da cozinha.

Mas não era a terceira ratinha, e sim a quarta das que estavam concorrendo ao prêmio, aquela que todos supunham estar morta. Ela entrou rápida como uma flecha e derrubou o espeto de salsicha com a faixa de luto. A ratinha havia corrido dia e noite, porque, embora viajasse em um trem de carga, sobre trilhos, quase tinha chegado tarde demais. Ela se pôs à frente da plateia e todos viram que estava muito amarfanhada.

A coitada havia perdido seu espeto de salsicha, mas não sua voz, e começou logo a falar, como se todos estivessem somente à sua espera e fossem ouvir só ela, como se nada mais no mundo tivesse a menor importância. Ela falou com tanta firmeza e tanta clareza que ninguém teve tempo de interromper nem dizer uma só palavra enquanto a ratinha narrava sua história. E o que ela contou foi o seguinte:

O QUE A QUARTA RATINHA, QUE FALOU ANTES DA TERCEIRA, TINHA PARA CONTAR

– Eu parti logo para a maior cidade, mas agora não lembro como se chamava. Tenho uma memória péssima para nomes. Fui tirada da estação ferroviária com umas mercadorias que tinham entrado sem o pagamento do imposto e levada para a prisão; mal chegando, já fugi para a casa do guarda. Ele estava falando sobre os prisioneiros, especialmente sobre um que estava gritando umas palavras sem sentido. Essas palavras acabaram trazendo outras, que a certa altura foram anotadas, para que se tivesse o registro. O que o preso disse foi: "O assunto todo é como fazer sopa de espeto de salsicha, mas essa sopa pode custar a ele o próprio pescoço". Isso, é claro, despertou em mim um grande interesse pelo prisioneiro, e fiquei aguardando a chance de entrar na cela dele, pois há um buraco de rato atrás de toda porta. O prisioneiro, que tinha uma barba longa e olhos grandes e brilhantes, estava pálido. Havia uma lamparina acesa, mas as paredes eram tão escuras que só pareciam ainda mais escuras pelo contraste com a chama. Com um giz branco, ele tinha rabiscado desenhos e versos nas paredes pretas, mas eu não li. Acho que ele achou que o confinamento era muito monótono, de modo que eu era uma visita muito bem-vinda. Ele me atraiu com migalhas de pão, com assovios e palavras doces, e parecia tão amigável que aos poucos ganhei confiança e nos tornamos amigos. Ele dividiu comigo o pão e a água que tinha e me deu queijo e salsicha, e eu me apaixonei por ele. Ficamos realmente próximos e foi muito bom. Ele me deixava correr em suas mãos, seus braços, por dentro das mangas e até na barba, e me chamava de amiguinha. Eu acabei me esquecendo do motivo de ter saído em viagem pelo mundo; esqueci também meu espeto de salsicha, que eu tinha escondido em uma fenda no piso, e lá está até agora. Eu queria ficar sempre com o prisioneiro, porque sabia que, se fosse embora, o coitado não teria nenhum amigo, e isso é muito triste.

Após brevíssima tomada de fôlego, a quarta ratinha continuou:

– Eu fiquei, mas ele não. Da última vez, o prisioneiro falou comigo com enorme tristeza na voz e me deu o dobro da quantidade habitual de pão e de queijo, e da palma da mão soprou um beijo para mim. Então saiu e nunca mais voltou, e não sei mais nada do que houve com ele. O carcereiro era meu dono agora. Ele disse qualquer coisa sobre sopa de espeto de salsicha, mas eu não confiava no tipo. Ele me pegou nas mãos, sim, mas foi só para me prender em uma gaiola parecida com um tambor. Ah, que coisa terrível! Eu ficava correndo na borda sem nunca sair do lugar, só para que todos rissem! A netinha do carcereiro era a coisa mais fofa, tinha olhos alegres, cabelos cacheados do mais puro ouro e uma boca sempre sorridente. Certo dia, ela falou: "Coitada da ratinha. Eu vou libertar você". Então, abriu o gancho de ferro e eu voei pela abertura até o parapeito da janela e de lá para o telhado. Livre! Livre! Era só nisso que eu pensava, e não no motivo da minha viagem. Começou a escurecer, e quando a noite estava quase chegando encontrei abrigo em uma velha torre onde viviam um vigia e uma coruja. Não dei confiança a nenhum dos dois, mas menos ainda para a coruja, que é parecida com um gato e tem a grande imperfeição de comer ratos. Porém, às vezes uma pessoa se engana, e enganada estava eu desta vez, pois aquela era uma velha coruja muito respeitável e bem-educada, que entendia mais do mundo do que o vigia, e tanto quanto eu. Os filhotes armavam uma grande confusão por qualquer coisinha, mas as únicas palavras mais duras que ela lhes disse foi: "É melhor vocês pararem com isso e irem tentar preparar uma sopa de espeto de salsicha". O comportamento dela me pareceu tão confiável que, do buraquinho onde eu tinha me enfiado, gritei: "Guinch".

A quarta viajante prosseguiu, entusiasmada:

– Minha demonstração de confiança agradou tanto à coruja que ela garantiu que me protegeria e que ninguém me faria mal, mas a verdade é que ela espertamente pretendia me manter como reserva de alimento para o inverno, quando seria difícil encontrar comida. De toda forma, era uma senhora coruja muito inteligente. Ela me explicou que o vigia não sabia piar por si mesmo e só conseguia quando acionava o chifre que ficava pendurado do lado dele; apesar disso, sentia tanto orgulho que se imaginava como a própria coruja da torre; ele desejava realizar grandes feitos, mas só conseguia fazer coisas pequenas, como sopa de espeto de salsicha. Daí, pedi a ela que me desse a receita da tal sopa.

A ratinha então chegou ao fim de seu relato:

– Mas o que a coruja me disse foi o seguinte: "Sopa de espeto de salsicha é apenas um provérbio dos homens e pode ser entendido de muitas formas. Cada um acha que seu jeito de entender é melhor que o dos outros, mas, no fim, é um ditado popular que não significa nada". "Nada?", perguntei em choque. Bem, a verdade nem sempre é agradável, mas está acima de tudo, como me ensinou a velha coruja. Pensei nisso muitas vezes e entendi perfeitamente que, se a verdade está tão acima de qualquer outra coisa, então ela certamente tem mais valor do que uma sopa de espeto de salsicha. Foi quando me apressei em voltar, para chegar a tempo de trazer a coisa mais elevada e importante de todas: a verdade. Os ratos são um povo iluminado, e o rei rato acima de todos. Ele, portanto, é capaz de me tornar rainha em nome da verdade.

– Sua verdade é falsa – disse a ratinha que ainda não tinha falado. – Eu sei preparar a sopa, e é o que pretendo fazer.

COMO A SOPA FOI PREPARADA

– Eu não viajei – contou a terceira ratinha. – Fiquei neste país, e essa foi a coisa certa. Não se ganha nada viajando; tudo pode ser conseguido aqui com a mesma facilidade, então fiquei em casa. Não obtive o que eu sei de criaturas sobrenaturais, também não engoli o conhecimento nem o aprendi com corujas conversadeiras. Eu o conquistei com base nas minhas reflexões e nos meus pensamentos. Vocês podem, então, pegar a panela. Pronto? Ótimo. Agora encham de água até a borda e levem ao fogo; façam labaredas grandes; mantenham assim até que a água ferva, pois ela deve ferver por bastante tempo. Pronto. Agora joguem lá dentro o espeto de salsicha. O rei rato, por favor, poderia ir até lá, mergulhar o rabo na água e mexê-la com ele? Quanto mais tempo o rei rato mexer, mais forte a sopa vai ficar. Nada mais é necessário, só mexer.

– Será que algum outro não pode fazer isso? – o rei rato perguntou.

– Não – a ratinha respondeu, firme. – Somente a cauda do rei rato tem esse poder.

A água fervia e borbulhava, enquanto o rei rato ficava parado ao lado da panela. A tarefa parecia das mais arriscadas, mas mesmo assim ele virou de costas e mergulhou a cauda, do mesmo jeito como ratos costumam fazer quando querem pegar o finzinho do creme no fundo de um pote ou raspar o resto do leite na embalagem, passando a cauda para depois lamber. Porém, mal a cauda do rei tocou a água pelando e ele se afastou correndo do fogo, berrando:

– Ah, com toda a certeza, sem sombra de dúvida, você deve ser minha rainha! Vamos deixar essa questão da sopa de lado até nossas bodas de ouro, daqui a cinquenta anos. Enquanto isso, os pobres do meu reino poderão se alegrar com a esperança dessa refeição e terão felicidade por muito tempo.

Pouco depois o casamento foi celebrado. Muitos ratos, porém, voltando para casa, comentaram que a sopa não podia ser corretamente chamada de "sopa de espeto de salsicha", mas que deveria, em lugar disso, chamar-se "sopa de rabo de rato". Eles reconheceram que algumas das histórias até que tinham sido bem contadas, mas reclamaram que o conjunto deixava a desejar.